不時輕聲地以俄語遮羞的鄰座艾莉同學

Иногда Аля внезапно кокетничает по-русски

3

Kadokawa Fantastic Novels

「既然敢張嘴咬過來，就給我咬緊牙關吧？」
久世政近
在選戰擔任艾莉莎的搭檔，
前國中部學生會副會長。
隨著父母離婚改姓久世，
不過小時候曾是未來備受期待的
周防家的神童。
「要幫你重設一下嗎？」
更科茅咲
學生會現任副會長，二年級兩大美女之一。
通稱為「學園的征母」。以壓倒性的武力
協助男友統也經營學生會的最強女高中生。
頭腦簡單四肢發達是美中不足之處。

「開始進行我們的奸計吧？」
宮前乃乃亞
擁有美國人祖母遺傳的金髮，
在校內的金字塔階級位居
頂點的辣妹。不分男女
有許多人被她的魅力吸引。
雖然是學校的大紅人，本性卻是……

「礙事……」

「——是武器。」

目錄

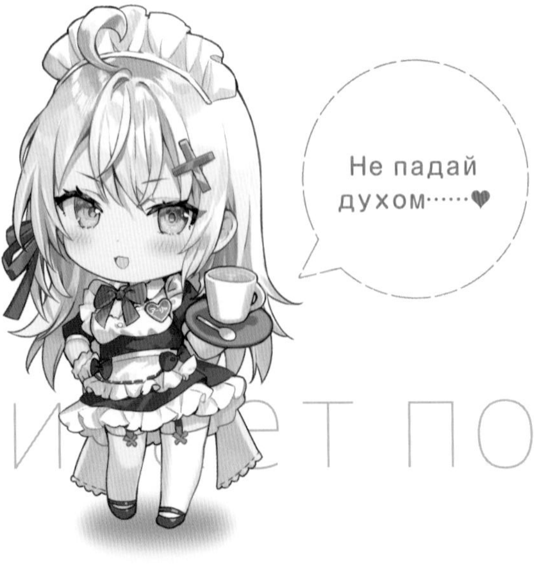

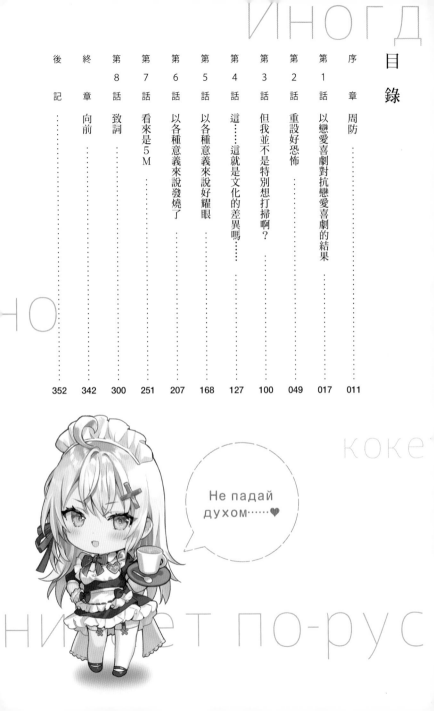

不時輕聲地以俄語遮羞的鄰座艾莉同學 3

燦燦SUN
插畫 ももこ
story by sun sun sun
illustration by momoco

Иногда Аля внезапно кокетничает по-русски

Kadokawa Fantastic Novels

序章
周防

這棟宅邸座落於世間普遍稱為高級住宅區，大型獨棟住家鱗次櫛比的區域某處。細心整理的美麗庭院，外觀令人感覺歷史悠久的西式建築。比起周圍住家也更顯氣派的這棟宅邸，正是擁有數百年歷史的名門——周防家的宅邸。

住在這棟宅邸的三名家人正在屋內一室享用晚餐。在整體洋溢高雅又沉穩氣息的大廳長桌上，背對暖爐坐在主位的是這棟宅邸的主人，周防家現任當家周防嚴清。

現年六十九歲的他，身體硬朗得完全感覺不到歲月造成的衰老，挺直的背脊看起來真的是威風凜凜。刻在臉上的皺紋也只增添威嚴氣息，絲毫感覺不到軟弱。彷彿是在狂風驟雨之中刻劃年輪的大樹風格。

坐在嚴清正對面的是他的女兒周防優美以及孫女周防有希。兩人除了身高與身材有著明顯的差距，這對母女的長相非常相似。要是有希就這麼長大，將來想必會成為她母親這樣的美女吧。兩人就是這麼如出一轍。不過，口鼻與輪廓都神似的這兩人，只有眼睛不太一樣。

不同於有希，母親優美的眼角稍微下垂，右眼下方有一顆淚痣。這雙眼睛加上帶點陰鬱的表情，醞釀出和祖父嚴清相反的軟弱印象。

「……前幾天好像舉辦了學生議會。」

用餐到一個程度的時候，嚴清緩緩開口。

「聽說參加的是政近以及谷山重工的千金。」

「是的。不過正確來說，哥哥是九条小姐的助手。」

這種程度的消息，正在身後待命的綾乃應該早就告知了。如此心想的有希為求謹慎如此訂正。不過或許該說正如預料，嚴清像是對這種小事毫無興趣般輕哼一聲。

「既然是在國中部和妳競爭到最後的對手，我還以為有什麼通天本領……不過好像在議會途中就退席了？」

「是的。應該是有什麼難言之隱吧。」

「哼！無論如何，結果就是政近在學生會長選舉的名聲更加響亮了。」

嚴清不悅般地舉杯一飲而盡，將見底的玻璃杯放在桌上。在後方待命的綾乃祖母，立刻朝著空玻璃杯倒入葡萄酒。等酒倒好之後，嚴清目光如炬看向有希。

「聽好了。不論對手是誰都不准敗北。妳一定要成為征嶺學園的學生會長。」

「祖父大人，孫女明白。」

「妳在才能這方面確實比不上政近。不過妳知道有能者應負的責任與義務。政近在這一點沒救了。明明擁有比任何人都優秀的才能以及得天獨厚的環境，卻放棄自己的責任與義務。」

嚴清以厭惡的語氣不屑說完，優美悄悄看向下方。

「聽好了。這個世界並不平等。財富、家世、容貌以及才能。天生受惠與沒受惠的人明顯是不同的人種。有希，妳一出生就在各方面受惠，那麼就必須將獲得的恩惠回饋給世間。這是受惠者的責任與義務。」

這是有希他們倆兄妹從小時候就被灌輸的教誨。是周防嚴清至高無上的價值觀。

「有能者必須知道，沒活用才能任其荒廢是一種罪過。有能者必須負起為世間活用才能的責任與義務。妳絕對不能輸給放棄這份責任與義務的那個傢伙。有希，妳明白吧？」

針對最愛哥哥的這番嚴厲話語，在有希內心激起漣漪。但是她完全沒將這份心境顯露在外，就這麼掛著文雅的笑容。

「是，祖父大人。」

她回應之後靜靜點頭。

◇

「有希。」

「嗯？母親大人？」

有希用完餐準備回到自己房間時難得被母親叫住，她在感到意外的同時轉身。

「請問怎麼了嗎？」

「……」

有希詢問有什麼事，優美就這麼看著斜下方，遲遲沒說下去。即使如此，有希還是耐心等待，最後優美輕聲開口：

「妳和政近……處得好嗎？」

「是的。當然很好。」

「……這樣啊。」

有希開朗笑著回應，優美就這麼錯開視線點頭。

「那個……請問哥哥大人怎麼了嗎？」

「不，沒事……妳接下來要上中文課吧？」

「是的，是遠距教學。」

「這樣啊……加油吧。」

「好的。」

有希端正行禮之後，帶著綾乃走向自己房間。優美目不轉睛注視她的背影。

「呼……」

有希關上房門，輕輕嘆口氣，然後就這麼看著前方，向後方待命的綾乃開口：

「……綾乃。」

「是，有希大人。」

「過來當一下抱枕。」

「遵命。」

不知情的人聽到這句指示會懷疑自己聽錯，不過綾乃習以為常般點點頭，說著「打擾了」躺在床上。有希默默爬到她上方，從正面抱住，將臉埋在綾乃胸口。

有希就這麼抱著綾乃左翻右滾，頻頻將頭按在綾乃胸口。綾乃在這段期間就這麼任其擺布。她絕對不會伸手環抱有希或是摸頭，這麼做會傷害有希身為主人的矜持。正因為明白這一點，所以綾乃沒多說什麼，就只是一直當個抱枕。數分鐘後，有希猛然抬起頭，起身跪在床上，從鼻子用力呼氣。

「好，回復了！」
「已經可以了嗎？」
「嗯，謝謝。哎呀～～奶子果然偉大。」
有希感慨說出這種話之後下床，坐在電腦前面。
「屬下為您整理頭髮。」
「嗯，拜託了～～」
因為滾床而凌亂的有希頭髮，綾乃以髮梳梳理。她的動作無比溫柔，眼中蘊含無限的慈愛之情。
「大致梳一下就可以哦？反正鏡頭只會拍到肩膀以上。麻煩幫我準備飲料比較重要。」
「遵命。為您準備咖啡可以嗎？」
「嗯。畢竟今晚有《劍禍》與《那場夢》。尤其《劍禍》一定是神回。嘿嘿～～今晚不讓你睡哦～～？哥哥～～」
想到深夜動畫以及後續慣例舉行的感想會，有希露出愉快的笑容。看到主人完全回復為平常的調調，綾乃內心鬆了口氣，無聲無息離開房間。

Иногда Аля внезапно кокетничает по-русски

第 1 話 以戀愛喜劇對抗戀愛喜劇的結果

「喲，久世！上週的討論會真厲害啊！」

「聽說你贏了那位谷山同學？嚇死我了……我如果那天不用補習也會去看。」

討論會結束之後的星期一。政近進入教室之後，迎接他的是班上同學們充滿好奇與稱讚的聲音。

「你虧大了。說真的絕對應該去看。」

「哎呀～～真的是一場激戰。老實說我沒想到會成為那麼精彩的一場議會。」

看來從政近到校之前，班上都在討論這個話題。事實上，政近抵達教室的路上，實際看過討論會的人驕傲述說戰況的光景也隨處可見。上週的討論會就是具備這麼強大的話題性吧。

「剛開始聽到谷山同學的主張時，老實說我覺得勝負已定了。」

「沒錯沒錯，而且你們在後來的問答階段什麼都沒說。」

「欸，當時到哪個階段算是你們的作戰？」

「啊啊，總之先讓我放好東西啦……」

同學們一副興奮的樣子前來發問，政近帶著苦笑擋住他們，走向自己的座位。

（不對，既然這麼好奇，去問另一個當事人不就好了……）

政近一邊暗自吐槽一邊注視的方向，是另一個當事人……應該說代表人的九条艾莉莎。她是討論會的主角之一，周圍卻沒有任何人。她被眾人當成多麼難以搭話的對象，真的從這幅光景就清晰可見。

（我不是不懂這種心情……不過既然要競選會長，這樣會很麻煩吧。）

明明必須在選舉獲得學生們的支持，要是和班上同學的交流都無法好好成立就沒戲唱了。

所以，政近決定硬是將艾莉莎拉進這個話題。

「早，艾莉。」

「嗯，早安。」

抬頭回以問候的艾莉莎，手邊一如往常打開課本。教室裡熱烈討論自己的話題，她卻明顯像是置身事外般預習課程。

（大概是話題焦點不是別人正是自己，不知道該怎麼反應……不過這麼一來，班上同學也不敢搭話吧？）

這個搭檔一如往常不擅長處理人際關係，政近在內心苦笑，以視線朝著身後的同學們示意並且開口。

「這些傢伙想聽妳上週的英勇事蹟。」

「咦？」

艾莉莎一副為難的樣子，政近不以為意放下書包，轉身看向同學們，朝著和艾莉莎一樣露出為難模樣的他們帥氣舉手這麼說。

「那麼，詳細情形就問艾莉吧。轉蛋……正在等我。」

「「「喂～～！」」」

政近以正經八百的表情迅速取出手機，班上同學半笑不笑地吐槽。政近不以為意立刻面向手機，真的啟動了遊戲程式。

「那麼艾莉，之後拜託了。」

「咦，等一下——」

為難的艾莉莎與同學們隔著政近相對。同學們以視線相互牽制等人開口的時候，政近悄悄看向前方座位的光瑠。光瑠正確理解這雙視線暗藏的意思，掛著有點為難的笑容向艾莉莎搭話。

「九条同學，討論會的那段演講，內容是妳想的嗎？還是和政近合作的？」

「咦？啊啊……那個姑且是我想的。不過也有徵詢久世同學的意見……」

「喔～～這樣啊。沒有啦，我嚇了一跳，原來演講也難不倒妳。」

「謝……謝謝……？」

以光瑠搭話為契機，其他同學也逐一開始向艾莉莎搭話。一旦聊起來，好奇心就勝過不敢搭話的心情，話題一下子擴展開來。

「問答階段沒問任何問題是你們的作戰嗎？」

「是的。關於這部分，我們預先就這麼決定了。」

「那麼，久世中途插話是什麼狀況？」

「那個部分，連我都沒料到……」

艾莉莎即使不習慣依然努力對答，政近看著早就抽完的轉蛋畫面，內心滿意般點頭。以艾莉莎為中心，一年B班難得聊得這麼愉快……但是一名男學生提到「那件事」的時候，氣氛突然轉變。

「話說回來，當時真是的。谷山那傢伙中途跑掉，總覺得好掃興。」

大概是難得可以和絕世美少女艾莉莎交談而亢奮，想要討好艾莉莎才這麼說吧。數名男生立刻附和，明顯出現貶低沙也加、抬舉艾莉莎的風向。

「你說的真好。自己主動挑戰卻逃走，有夠遜的。」

「那樣不應該對吧～～敵前逃亡真的很不應該。」

「畢竟在問答階段的時間點完全是九条同學占上風。該不會是因為至今沒輸過，所以反而不耐打？」

猜測他們內心的想法，應該是期待艾莉莎做出「是啊，那個對手沒有嘴裡說的那麼厲害」這種感覺的反應吧。實際上，艾莉莎聽到這番話的反應是……

「……」

她默默緊閉雙唇，深鎖眉頭。違背預測，看起來有所不滿的這種反應，使得周圍的同學們不知所措。在無預警降臨又微妙尷尬的氣氛之中，艾莉莎緩緩站了起來。

「久世同學，來一下。」

「嗯？喔喔。」

被點名的政近將手機收進口袋起身，裝出突然想到某些事的模樣。

「啊，啊～～這麼說來，我們有學生會的事情要忙。抱歉，晚點繼續聊吧。」

政近立刻朝著同學們如此說明，然後跟著艾莉莎離開教室。就這麼追在默默快步行走的艾莉莎身後，進入學生會室之後才總算搭話。

「所以，怎麼了？」

政近這麼問，艾莉莎卻依然不發一語深鎖眉頭。不過政近隱約可以理解艾莉莎對什麼事抱持不滿。

「谷山被數落得那麼慘，令妳這麼抗拒嗎？」

「……因為，谷山同學她——」

「她向我們下了討論會的戰書，卻在中途逃走。班上那些人說的一點都沒錯。」

「不過，那是……！」

艾莉莎像是忍不住般拉高音量，卻沒能繼續說下去，不耐煩般咬緊牙關。

「唉……」

「……」

政近正確感受到艾莉莎沒化為話語的想法，進而嘆了口氣。她為人處世真的太笨拙了。政近心想。

「……確實，我們知道谷山那些行動背後隱藏的想法，也知道她在討論會中途衝出講堂的原因。正因如此，局外人只擷取『以討論會挑戰卻在中途逃走』這個事實說三道四的時候，我也可以理解妳內心多麼鬱悶。」

「……」

「不過啊，坦白說，關於這件事，光明正大戰鬥的我們並沒有錯，無論谷山被人怎麼說，我們也不需要為她擔心。對吧？」

「……我知道的。可是實際上我們沒贏。那場討論會……就像是無效比賽吧？」

即使如此，艾莉莎還是無法接受吧。因為她知道沙也加那個行動的基本原因在於自己和政近搭檔。以消化不良的形式獲取的這場勝利，艾莉莎應該無法承認吧。因為她擁有堅定又高潔的矜持。

「不然要怎麼做？假設……對，只是假設。如果想辦法讓大家知道那是一場無效的比賽，回復谷山的名譽……這麼一來，我們在討論會贏得的勝利也會報銷啊？因為要是捧高敗者，相對來說就是貶低勝者。」

「……」

「最重要的是，我們也不知道谷山本人是否希望這種事。勝者憐憫敗者，向敗者伸出援手，難免會被別人說是踐踏敗者最後尊嚴的行為。因為真要說的話，宣布敗北的是谷山的搭檔宮前。」

「……這我知道。」

政近平淡規勸，艾莉莎卻維持不滿般的表情。大概是即使能理解也無法接受吧。

如果堅持以合理角度思考，政近與艾莉莎在這件事應該採取的行動是「佯裝不知情」。應該嚴肅接受乃乃亞的投降宣言，若無其事表現出勝者的風範。政近是這麼認為的，艾莉莎大概也知道這麼做才對。

不過，政近面對苦惱的艾莉莎，並不是生氣罵她「什麼都不懂」，也不是扔下一句「不高興的話隨便妳吧」撒手不管，就只是靜靜在旁邊守護。

（啊啊，好美麗……好耀眼。）

如果只是以打贏選戰為目標，只要說服艾莉莎就可以了。不過對於政近來說……某件事比這個更加重要。那就是要保護艾莉莎的光輝，要以艾莉莎能夠接受的形式，讓艾莉莎成為學生會長。所以……

「總之，如果堅持以合理角度思考就是這樣了……不過這種事一點都無所謂。」

「咦？」

「重點在於妳想怎麼做。好了，不要板著臉逼自己嚥下去，全部說出來吧。」

在努力試著讓自己接受的時候聽到政近調侃般這麼說，艾莉莎面露不悅。

「問我想怎麼做……這個嘛，我想協助谷山同學。可是，這種事──」

「嗯，我知道了。那就這麼做吧。」

「咦？」

政近微微聳肩爽快答應，艾莉莎露出像是中了冷箭的表情。

「……可以嗎？你剛才也說過，谷山同學也不希望這麼做……這是我的自我滿足啊？而且你在討論會的努力，明明也可能因而白費……」

「沒關係。與其在這時候莫名放不下，不如清算乾淨之後痛快迎接結業典禮。」

政近若無其事說完，艾莉莎愧疚般下垂眉角。

「……對不起，我說了一件麻煩事。」

「不用在意……我說過吧？我會『扶持』妳。」

政近這句話使得艾莉莎想起來了。想起那天政近宣布的約定，想起「我會在身旁扶持妳」這句話。

「久世……同學……」

艾莉莎有點害臊般移開視線，面對搔抓腦袋的政近，她內心深處冒出某種情感。如同要確認這份情感，艾莉莎雙手在胸口緊緊交握。

無法完全壓抑的情感，蘊含在雙眼投向政近。承受這雙隱含強烈熱度的視線，政近他……沒什麼餘力做出任何反應。

因為他察覺了。在害羞而移開的視線前方，學生會室深處的窗戶。映在窗戶上的是……會長辦公桌的另一側。兩道人影躲在該處。

（那裡有東西。）

與其說有東西，不如說完全是會長與副會長。校內最有名的熱戀情侶。魁梧的統也與高䠷的茅咲，不自在地將身體擠進桌子底下。兩人的密合度當然是MAX。

（完全是在上演愛情喜劇吧……）

政近將自己的狀況放在一旁，在戰慄的同時嚥了一口口水。

（這是……那個嗎？兩人獨處上演愛情喜劇的時候，有人闖入所以連忙躲起來，「咦？我們用不著為此躲起來吧？」↑〝現在在這裡〞這種狀況嗎？普遍來說會在置物櫃上演的這種戲碼居然改到桌子底下，真是了不起……！）

現在那裡肯定正在進行「慢著，不要亂摸啦！」「好痛！這也沒辦法吧？因為空間很小啊！」這樣的互動吧。

要是就這麼順利進展下去，相觸的氣息、冒汗的身體以及加速的心跳，將會引導兩人前往無盡的高潮，任何人都攔不住吧。

（原來如此，主線事件是在那一邊嗎？嗯，那麼這時候應該抓準時機若無其事離開，並且不經意驅趕閒人，這才是幹練的學弟，可說是訓練有素的舞台裝置應該展現的樣貌。）

政近的阿宅腦全力運轉得出這個結論，重新面向艾莉莎……看見艾莉莎莫名露出純情少女般的表情，他不禁向後仰。

（嗯？咦，這是怎麼回事？這……這邊也發生戀愛喜劇事件嗎？唔，糟糕，我誤判了！這……不是單純的「兩人躲起來使得彼此身心零距離的事件」，還包括「被戀愛喜劇的波動影響而情緒高漲的事件」嗎？我們是讓他們兩人緊貼的舞台裝置，同時也是讓兩人情緒高漲的催化劑嗎？）

政近的思緒朝著二次元方向飛奔，不過在他這麼做的時候，艾莉莎忽然接近，以蘊含某種熱度的視線看他，雙手甚至在胸前交握。

（啊，這樣不行。若問哪裡不行，各方面都不行。總之不行。事到如今只能硬是改變事件走向了唔喔喔喔喔——！）

受到強烈危機意識的驅使，政近決定使出「變更類型」這個禁招。是的，從戀愛喜劇……一口氣改成嚴肅走向。

「所以會長、更科學姊，兩位要躲到什麼時候？」

政近說出在「阿宅都想說一次的台詞排行榜」總是名列前茅的這句話，艾莉莎露出「咦？」的表情，會長辦公桌底下也同時發出「咚！」的聲音。

（啊，撞到頭了。）

置身事外般這麼想的政近視線前方，統也掛著尷尬表情站了起來。茅咲也隨即游移視線慢慢起身。

「啊啊……抱歉，剛才湊巧錯過現身的時機。」

「沒錯沒錯，我們湊巧在尋找掉到地上的東西，不過聽你們好像討論起正經的話題，所以就算想出來也出不來……」

茅咲說出相當難以信服的藉口，但是政近不想吐槽。至於艾莉莎則是毫無餘力。

「唔……那麼，總之彼此就當成什麼都沒看見也沒聽到，兩位意下如何？」

「啊……啊啊，說得也是。就這麼辦吧。」

「那就這樣了。艾莉，我們走吧。」

相較之下還算冷靜的兩人迅速讓利害關係一致之後，政近帶著艾莉莎走出學生會室。政近關上門，無奈嘆口氣的這時候……湊巧和艾莉莎四目相對。頓時，艾莉莎慌亂游移視線並且向後退。

「啊，那個，我……」

艾莉莎盡顯慌張，說話結結巴巴，然後像是再也無法承受般轉過身去。

「我！有些事情要忙……！」

然後艾莉莎難得以匆忙的腳步離開現場。說到被留在原地的政近……他仰望走廊天花板，「唔～～」地歪過腦袋。

「現在這樣，我應該貼在門上偷聽嗎……依照王道劇情的進展，門會在中途發出啪咚的聲音打開，然後我會被問『你……你什麼時候在那裡的？』，但我總覺得更科學姊應該會從氣息發現……」

政近一邊呢喃，一邊轉頭隔著肩膀看向學生會室的門，正經八百地思考。真的是阿宅的典範……也可以說他只是在逃避現實。

◇

「唔哇～你們看這個，凡媚兒的新作超可愛的～」
「啊，那個很棒耶～我也想要～可是這個月手頭很緊……」
「凡媚兒？啊啊，那個的話說不定能用我的管道取得哦？只要我在社群軟體幫忙宣傳就好。」
「真的嗎～？了不起！」
「喂喂喂，你那邊也才六千人左右跟隨吧？這種程度稱得上宣傳嗎？」
「好過分！我可不想被跟隨人數沒破千的人這麼說～」
午休時間。結果經過上午那個事件之後，艾莉莎徹底散發「不准搭話也不准看我的氣場」成為拒絕溝通的狀態，所以政近獨自造訪一年D班想解決事態。話是這麼說……不過目標人物映入眼簾時，他被迫陷入進退兩難的狀況。
依照姓氏的五十音順序應該是坐在靠走廊的座位，政近心想只要從靠走廊的窗戶叫一聲就好……但是不得不說他如意算盤打得太響了。

（唔！好強大的現充力……！不行。我沒辦法……繼續接近……！）

位於政近視線前方的，是短短幾天前在討論會交戰的宮前乃乃亞。以她為中心的集團。除了乃乃亞還有二男二女共四名學生，不過看一眼就知道所有人都位於校內金字塔階級的頂層。

原本的容貌就相當標緻，加上踩到校規紅線的時尚打扮。而且對於這身打扮似乎沒感到半點愧疚，一副像是宣稱「害怕訓導的話哪能打扮啊！」的勇敢態度。這些外在要素令他們散發著不准校內金字塔中階以下人種接近的閃亮氣場。另一方面，位於這群人中央的乃乃亞則是……

「欸欸，乃乃亞，這個妳覺得怎麼樣～～？」

「嗯嗯～～？」

她沒特別加入周圍跟班們的對話，處於懶散般半閉雙眼的狀態，在自己的座位滑手機。

「這個，凡媚兒的這個新作，不覺得很棒嗎？」

「啊～～那個嗎？唔～～上次攝影用過同一系列的款式，但我覺得不怎麼樣。」

「咦～～是嗎？那就算了。」

「喂喂喂，就這麼算了嗎？」

「嗯。畢竟實際看過的乃乃亞都說不怎麼樣了。」

「欸，不提這個，乃乃亞，這週日可以來我的家庭派對捧場嗎？我家親戚的小孩說是妳的粉絲。」

「咦咦～～？要考試了耶～～？」

跟班……嗯，是跟班。聚集在周圍，努力搭話想吸引乃乃亞興趣的男女。乃乃亞一邊滑手機一邊應付他們。這副模樣看起來只像是女王大人以及想討好女王的跟班。

「那就也順便當成讀書會。好啦，拜託嘛！」

「咦～～」

「唔～～最近乃乃亞是不是很冷漠啊～～？」

其中一名跟班說完嘛嘴，至今興趣缺缺滑著手機的乃乃亞突然放下手機起身，露出燦爛的笑容抱住這名女學生。

「騙妳的騙妳的，我是在開玩笑啦。派對？完全會參加喔～～」

「真的嗎？太好了！」

「真的真的。話說回來……」

此時乃乃亞放開對方，緩緩轉身面向政近，從靠走廊的窗戶探出上半身。

「阿世，有事嗎？」

「啊，喔，嗯。有點事。」

「啊～是喔。感覺不方便在這裡說？」

「是啊。可以的話……」

「ＯＫ。」

乃乃亞沒特別問清楚原因就答應，向周圍的跟班開口。

「那麼，我出去一下。」

「啊，嗯。」

「晚點再討論細節吧。」

「喔喔。」

「收到～」

跟班們以蘊含各種情感的視線瞥向政近，然後像是「乃乃亞不在的話就閃人吧」的感覺逐漸散開。

（真的是跟班啊……）

政近懷著不知道是傻眼還是佩服的心情目送眾人離開之後，走出教室的乃乃亞一邊懶散把玩頭髮一邊搭話。

「那麼，要去哪裡？隨便找一間空教室進去嗎？」

「啊啊，說得也是……慢著，妳今天的髮型格外驚人耶。」

重新近距離看見乃乃亞的髮型，政近臉頰變得僵硬。

乃乃亞平常就依照心情整理那頭天生的金髮，今天是各處都有大大小小各式各樣的編髮還搭配緞帶變得非常驚人。即使如此也沒出現失敗的感覺，可說是本事了得。

「啊啊～這個？交給朱奈親與未亞皮之後就不知為何變成這樣了。啊，對了。難得做成這樣就拍照上傳社群網站吧。」

話才剛說完，乃乃亞就拿出手機舉高，以熟練的手法自拍。瞬間做出上相姿勢與表情的技術，以及校規姑且禁止卻在走廊大方使用手機的好膽量，使得政近甚至略感佩服。

「嗯，感覺不錯。」

「啊，是喔……那麼，往這裡走吧。」

「收到～～」

移動到無人的空教室之後，乃乃亞一如往常毫無幹勁般半閉雙眼，就這麼雙手抱胸靠在牆邊。

「所以呢？要表白的話我可以……但你不是為此而來吧？」

「是啊……慢著，表白的話妳可以嗎？」

不能當成沒聽到的這句發言，使得政近不禁反問，乃乃亞以手指捲著頭髮歪過腦袋。

「唔～～畢竟我現在單身啊？而且也不討厭阿世。」

「不不不，別和不討厭的人交往，應該好好和自己喜歡的人交往吧？」

「要是這麼說，我至今從來沒有和喜歡的人交往過。」

「好像出現問題發言了，喂。」

「這也沒辦法吧？畢竟我不太懂戀愛情感啊？」

乃乃亞若無其事說完聳肩，政近懷著微妙的心情下垂眉角。

「……我不打算對妳的戀愛觀念插嘴，但我覺得不要作賤自己比較好哦？」

聽到政近這段話，乃乃亞睜開至今半閉的雙眼，露出開心般的笑容。

「啊哈，沙也親也對我這麼說過。不過她說的時候還附帶一記耳光。」

「……真的假的？谷山會對自己的好友甩耳光？」

「是啊……哎，那個是～～嗯哎。」

乃乃亞的笑容變成皮笑肉不笑，視線晃了一圈，政近沒特別期待她回答，夾雜著嘆息低語。

「妳是闖了什麼禍嗎……」

「啊啊～～哎？總之，就是和當時的男友？在教室熱吻的時候被她看見？像是這樣？真要說的話稍微上了二壘？像是這樣。」

「妳啊，真的假的……」

「啊哈……終究嚇到了？」

得到這個基於雙重意義來說出乎意料的答案，政近睜大雙眼。乃乃亞揚起單邊眉毛露出自嘲般的笑容，政近嚥下一口口水之後，以顫抖的聲音這麼說：

「這完全是百合漫畫的初遇場面吧……！」

「……阿世的這種個性，我滿喜歡的喔。」

「這是第一話跨頁彩稿的場面吧？個性古板的班長，看著在教室和男人親熱的辣妹之後露出輕蔑表情，卻不知為何無法移開視線……」

「喂～～快回魂啊～～」

「啊，啊啊……唔嗯。」

政近清了清喉嚨，乃乃亞輕聲嘆氣之後玩弄頭髮，以滿不在乎的調調開口：

「總之，我說交往是開玩笑的……而且被沙也親訓過之後也節制不玩男人了。」

「居然說出『玩男人』這種字眼……妳才高一吧？」

「好了好了，不提這個……所以？有什麼事？」

乃乃亞以慵懶的態度瞥過來，政近擺出正經表情。

「嗯……總之，該怎麼說，我想談一下谷山的事……」

「啊啊，沙也親今天好像請假。因為那孩子放不下的時候會一直放不下……這件事怎麼了嗎？」

「……上週的討論會，谷山自己下戰書卻在中途逃走，招來各種閒言閒語對吧？我想說能不能稍微平息一下。」

「……啊～～嗯？……阿世會在意這種事嗎？」

乃乃亞歪過腦袋，政近聳肩回答：

「是我的搭檔會在意……」

「啊啊……原來如此。」

乃乃亞心領神會般點頭，以傻眼與佩服交加的態度仰望天花板。

「那麼她……還真是溫柔啊。」

「與其說溫柔……應該說太正經了。各方面都是。」

「就算這樣，還是很溫柔沒錯吧？」

乃乃亞說完淺淺一笑，接著露出壞心眼般的笑容。

「所以？為什麼找我談這件事？我姑且是你們的敵人啊？」
「敵人是吧……」
「阿世你應該察覺了吧？我派了暗椿煽動觀眾。」
「我當然察覺了。A班的昆田、C班的長野、D班的佐藤與國枝，還有F班的金城對吧？」
政近這段話使得乃乃亞睜大雙眼，嘴角抽動。
「……真的嗎～～？在那～～麼昏暗的講堂，你在台上看出我派的暗椿？」
「我原本有七成左右的把握，看到妳現在的反應就確定了。」
「啊啊～～是在套我的話嗎……這下子敗給你了～～……我當時準備了這個第二方案，以便在萬一輸掉的時候使用。」
乃乃亞咧嘴一笑，揚起視線注視政近臉孔，政近就只是聳肩回應。不過乃乃亞無視於選擇緘默的政近，說出自己的推測。
「哎，幾年前在選戰發生過威脅或買票的事件，如今老師們對於這方面好像變得很敏感。派暗樁左右討論會結果的這種傳聞，只要附上當事人的名字傳開，既然議題關係到學生會的營運，老師也不能當成沒看見……事情鬧得愈大，我們的評價就會愈差，你們的評價反倒會好轉。不只如此，有不當嫌疑的議題也不會被學校採用。哎呀～～這種想法真的很猛耶～～」

「……就算在討論會輸了，也不會因而無法參選。這種做法會讓妳們的評價跌到谷底，所以可以的話我不想這麼做。」

「不過，真的需要的時候你就會做吧～～？哎呀～～恐怖恐怖，當時沒贏你們真是太好了。」

乃乃亞嘴裡說恐怖，看起來卻完全沒有害怕的樣子，政近以冰冷的視線看她。

「就我來看，妳才比較恐怖。居然叫朋友當暗樁……真虧妳做得出可能失去所有朋友的這種事。」

「嗯～～？哎，反正我是來者不拒去者不留啊～～？坦白說，我對沙也親以外的朋友不太執著，就算沒了也沒什麼困擾？像是這樣？」

乃乃亞真的是以滿不在乎的調調，說出不像是位居校內金字塔頂端的大紅人會說的話。不過政近看起來不甚驚訝，靜靜發問：

「我很好奇一件事。」

「嗯嗯～～？」

「既然對於谷山以外的人不太執著……反過來說，妳只對谷山一個人執著對吧？為什麼？將那麼激烈的一面隱藏在心底的類型，對妳來說是最無法理解的人種吧？」

「啊啊，這個反了反了。正因為無法理解才會深感興趣，會想和她在一起吧？」

「是這樣嗎？」

政近似懂非懂歪過腦袋，乃乃亞忽然將臉湊過來，露出有點詭異的笑容開口：

「阿世你明明知道吧～～？看見別人擁有自己沒有的光輝而憧憬的心情。」

只在這時候不帶一絲笑容，像是看透一切的乃乃亞雙眼，使得政近說不出話。乃乃亞看著這樣的政近竊笑，拉開距離之後提高音調開口：

「那麼！既然阿世讓我看見這麼棒的反應……我們都是對於率直又耀眼的搭檔懷抱憧憬的兩個彆扭人，就來開始進行我們的奸計吧？」

「不到奸計的程度就是了……」

政近稍微露出苦笑，然後以正經表情說：

「說起來很簡單。關於谷山在討論會途中逃走這件事，希望妳編個煞有其事的理由當成傳聞傳出去。」

「……意思是別當成敵前逃亡？可以嗎？這麼一來，你們的勝利會有爭議耶？」

乃乃亞揚起單邊眉角提問，政近聳肩點點頭。

「這我知道。總之編什麼理由都可以……說真的，比方說剛好在那時候收到家長昏倒的通知？……順便問一下，妳們在那之後怎麼樣了？如果跑去咖啡廳開慰勞會，剛才那招就不能用了。」

「啊啊～～在那之後？我等沙也親哭完之後……為了避免被人看見，等待一段時間之後就悄悄回去，大概是這種感覺？不過並不是完全沒人目擊，因為有急事所以中途離開的這個理由不太行吧～～」

「這樣啊……」

那麼，該怎麼做？政近雙手抱胸思考，但是乃乃亞忽然像是不耐煩般開口：

「唔唔～～哎，這部分我會想辦法。」

「咦，可以嗎？」

「畢竟原本就是我搭檔的事情啊～～？由我這邊來解決才合理吧？反正我擅長散布傳聞。」

乃乃亞說完轉過身去，像是示意這件事就此打住。

「那麼，就這樣啦。辛苦了～～」

「喔，喔喔。」

然後她就這麼離開教室了。突如其來的意外進展，使得留在原地的政近覺得無所適從，搔了搔腦袋。

（啊啊～～這是那種狀況吧。如果是漫畫，我會說「〇〇，你在嗎」「是，屬下在此」叫出祕密手下，下令「去追那個傢伙，要慎重一點別被發現」這樣。）

想到目前在空教室和敵對參選人一對一交談的狀況，以及今天早上以為沒人的學生會室其實有人的狀況，政近的阿宅腦靈活運轉。政近對這樣的自己露出苦笑，打趣試著呼叫那個堪稱「祕密手下」的兒時玩伴。

「綾乃。」

然後他立刻心想「我在做什麼啊」覺得難為情，匆忙要走出教室——

「是，政近大人。」

「唔喔喂！」

……的時候，背後傳來的這道聲音，使得政近真的跳了起來。

政近猛然轉身，看見綾乃真的在身後，眼睛瞪得好大。

「妳為什麼會在啊？」

「嗯？因為政近大人好像叫了在下。」

綾乃微微歪過腦袋，理所當然般這麼說。這句話使得政近的混亂達到頂點。

（因為叫了妳？咦，什麼？召喚嗎？因為叫了所以瞬間移動過來？還是說這是女忍者擅長的分身術？隨時派一個分身跟著我嗎？）

政近過於混亂，導致阿宅腦失控。此時，背後傳來另一道聲音。

「喂喂喂，兄弟，你忘了我嗎？」

轉身一看，有希掛著冷硬風格的笑容，雙手抱胸靠在牆邊。

「不對，說真的妳們為什麼會在啊？」

「呼呼，沒為什麼。我確認你這傢伙企圖接觸敵對的乃乃亞小姐……所以搶先一步躲在講壇裡面。」

有希只將單邊眼睛瞪大，露出真的很像反派的勇猛笑容接近過來。對此，政近心想「怎麼又是桌子下面」，賞她一個白眼發問。

「所以，實際上呢？」

「原本想在空教室玩密談遊戲，沒想到開始進行真正的密談是也。」

「說真的，妳們在搞什麼啊……」

「密談遊戲」這個神祕的關鍵詞引得政近狂翻白眼時，教室的門發出喀啦喀啦的聲音開啟。

「久世同學？你在嗎？」

大概是聽到叫喊聲吧。艾莉莎有所顧慮般探頭看過來……看見室內的三人之後，忽然變得面無表情。

「……是這樣啊。」

「艾莉同學？您是不是誤會了什麼事？」

「誤會什麼？從小一起長大的三人，即使玩在一起也沒什麼好奇怪吧？」

「可是妳表情很恐怖耶？」

「你多心了。那麼各位慢玩吧。」

艾莉莎堅定斷言之後，就這麼關上門。不過在門即將完全關上時，艾莉莎露出有點鬧彆扭的表情低語。

【什麼嘛，居然排擠我。】

然後，這張表情立刻隱藏在門後。

「……」

明明沒做任何虧心事，政近卻不知為何覺得做錯事而愣在原地。此時，有希以小混混般的語氣搭話：

「老哥……那個是那樣喔。『久世同學在討論會那麼照顧我，所以我為他做了便當，可是他在哪裡？』像這樣找遍校舍之後的反應喔。」

「不准擅自捏造這種小劇場！而且艾莉並沒有帶著便當！」

「想必是在中庭之類的地方，包括塑膠墊一起準備妥當了吧。」

「住口啊！」

政近哀號般大喊，有希輕輕將手放在他肩膀，露出煩人的笑容豎起大拇指。

「如何？罪惡感很強吧？」

「託妳的福！」

兩兄妹立刻開始進行短劇般的對話，綾乃在退後一步的位置守護。

她臉上沒有表情，眼神像是在看著隨時想合掌膜拜的尊貴光景，卻始終堅持讓自己成為空氣，這副模樣令人感受到她絕對不會做出多餘的事妨礙兩人的鋼鐵意志……說來意外，這樣的綾乃感覺像是守護著心目中理想配對的死忠阿宅。

◇

乃乃亞自覺自己是世間通稱為「精神疾患」的人種。

從小時候就沒什麼情緒起伏，這輩子不曾感受過哭泣吶喊的悲傷、凶猛瘋狂的憤怒、輕快跳舞的喜悅等情感。雖然會感受到快與不快，卻終究是在表現出來之前就能以自我意志控制的程度。

對於這樣的乃乃亞來說，一起長大的沙也加是從以前就由衷無法理解的存在。明明平常通情達理，卻會因為一些契機就突然耍脾氣的怪胎。雖然完全無法理解，不過在平常來往時沒有特別的問題。

乃乃亞不太懂人類的情感。也無法表現同理心。不過或許應該說正因如此，所以她可以冷靜又客觀地分析自己的行動與對方的反應，扮演對方想看見的自己。要說出什麼話，以什麼表情做出什麼行動，才能抑制這個怪胎的壞脾氣？知道方法之後，沙也加對於乃乃亞來說就是非常容易駕馭的存在。父母也吩咐要和她和睦相處，所以巧妙地適度和她打交道吧……乃乃亞是這麼想的。直到那一天。

「不要作賤自己啦！給我更好好愛惜自己！」

被人真心動怒責罵、被人狠狠甩耳光，都是乃乃亞第一次的經驗。

對於從小就掌握要領扮演乖孩子的自己來說，這種激烈的視線與話語，掃過臉頰的熱度，都是過於嶄新的體驗。至今和任何男生相觸都維持正常節奏的心臟，感覺正在撲通撲通劇烈跳動。

「百合漫畫的初遇場面嗎～～……出乎意料雖不中亦不遠矣？」

回教室途中，乃乃亞想起剛才和政近的對話。她掛著淺淺的笑容，仔細思考回復沙也加名譽的方法……話是這麼說，但其實剛才在和政近討論的階段就已經得出答案。不只得出答案，她還猜測當時說出來的話應該會被政近阻止，所以早早結束那場密談。

（話說回來……我派的暗樁應該是四人才對啊？）

乃乃亞想起政近說的五人名字，稍微歪過腦袋。

（記得是F班的金城？既然不是我派的人，那麼純粹是九条同學的反對派？）

她「唔唔～～」歪著腦袋，因為即將抵達教室而停止思考。

（哎，畢竟這次為九条同學與阿世添了麻煩，那個金城同學就由這邊處理當成賠罪吧。）

乃乃亞如此決定之後，打開教室的門回到自己座位。

「啊啊～～乃乃亞終於回來了～～」

「我們等好久耶～～和B班的久世談了什麼？」

「啊～～稍微談了沙也親的事。沙也親今天請假，所以他好奇發生了什麼事。」

朋友們立刻聚集過來，乃乃亞如此回答之後，朋友們露出詫異表情。

「谷山？她今天請假？」

「果然是因為在討論會輸掉嗎～～？到現在還放不下？」

「啊～～不是不是。原因是我。話說沙也親放棄討論會也是因為我啊？」

「咦，咦？這是怎樣？」

「真的？我沒聽說耶！」

面對被激發好奇心而眼神閃亮的朋友們，乃乃亞她……

「啊啊～～其實討論會進行到一半，我派暗椿混入觀眾的這件事被沙也親發現？像是這樣？然後沙也親說『我不想動用這種骯髒手段獲勝！』火冒三丈？後來就決裂放棄比賽了～～像是這樣。」

她以若無其事的態度說出這種話。

第2話

重設好恐怖

「所以說，當時真的是湊巧撞見有希與綾乃啊？」

「是喔～～」

「看來妳完全不相信……」

「沒關係啊？用不著硬是掩飾啊？你們從小一起長大，感情和睦不是很好嗎？」

艾莉莎嘴裡說「很好」，卻毫不隱藏自己帶刺的語氣。看到她身披不悅的氣息，早上頗為隨意搭話的班上同學們，如今也故意視而不見。

（哎，自己的搭檔偷偷在空教室和敵對候選人見面，內心想必不是滋味吧……而且有希對於艾莉來說好歹是同性朋友？）

政近斷定這是艾莉莎不高興的原因，表示理解之意。是的，艾莉莎這個反應並不是戀愛方面的嫉妒。不是因為自己有意思的男生去見別的女生而壞了心情。說不是就不是。

（唉……這樣下去，感覺這傢伙在班上又會孤立了……）

政近在內心嘆氣，決定不繼續糾結這個話題，改成別的話題。

「啊啊～～不提這個，艾莉。方便的話，今天放學後，要不要一起念書備考？」

聽到政近這麼說，艾莉莎明顯睜大雙眼。

念書備考。就像是不敢相信這四個字會出自政近之口，艾莉莎以由衷懷疑的表情說出這句話。

「……這是什麼玩笑話？」

「妳這樣單純很失禮耶，喂。」

艾莉莎過於正直的回應引得政近苦笑，說著「哎，妳難免會這麼反應吧」聳肩。

「……總之，經過和谷山的那件事，我自己也有一點想法。」

這段話使得艾莉莎也想起上週的事件，不發一語。

上週五舉行的討論會。

在那之後，艾莉莎與政近得知沙也加的心情，重新下定決心挑戰會長選舉。

（這樣啊……久世同學也終於認真了。）

搭檔拿出幹勁，艾莉莎對此感到開心，另一方面也因為契機不是自己而抱持有點複雜的情感。但是她沒將自己的心境表現出來，回應「哎，好吧」點點頭。

「啊啊～～……不對，如果妳必須單獨用功才能專心，我不會勉強哦？」

不知道是如何解釋艾莉莎這個冷淡的反應，政近略顯顧慮這麼說。對此，艾莉莎不悅蹙眉。

「我可沒說不要。我就陪你吧……因為是搭檔。」

「喔喔……那麼，我想想，場所選在學生會室可以嗎？」

「好。」

艾莉莎點頭回應政近的提案，像是無可奈何般輕撥頭髮。

（哼哼，總之帶他念書也是我的工作對吧。受不了，這個搭檔真欠人照顧。）

艾莉莎隱約露出得意表情竊笑。

（心情稍微變好了……嗎？）

政近也如此心想，暗自鬆了口氣。

◇

放學後，政近帶著艾莉莎來到學生會室。這個時期的教室或圖書館有很多學生，不過這裡基本上只有學生會相關人員會來，所以可以靜心用功。政近是基於這個想法選擇這裡。

「那麼……？」

政近坐在平常所坐的位子之後，艾莉莎也理所當然般坐在他身旁，令他僵住了。

（……不對，一般來說這種時候應該相對而坐吧？）

而且距離好近。別人看到會吐槽「應該多多利用桌面空間吧」的距離。

「……什麼事？」

「……不，沒事。」

但是政近自己沒有吐槽這一點的勇氣。面對艾莉莎瞪過來的視線，他迅速轉頭面向前方。

（總……總之，只要沒被別人看見就沒問題吧。會長與更科學姊，這對情侶應該真的會找個沒人來的地方一起用功，瑪夏小姐就算來了應該也不會管我們，唯一可能會吐槽的有希說起來可以在家裡和綾乃用功所以不會來這裡——）

「哎呀？不好意思，我們都沒敲……原來兩位來了啊。」

（老妹喔喔喔喔——！）

在內心插的旗被搶先半步回收，政近在內心慘叫。

慢慢朝著聲音來源一看，站在那裡的是有希與綾乃。有希乍看像是裝出不好意思的表情，政近卻清楚知道她的雙眼深處正在壞心眼竊笑。

『以為可以兩人獨處嗎?休想得逞哦?』

『妳這傢伙……是來做什麼的?』

『當然是……』

『當然是?』

『是為了阻止在學生會室進行色色的健康教育讀書會!』

『並不會!』

有希頻頻眨眼,表面上保持文雅態度,就這麼微微歪過腦袋。

「兩位也要念書備考嗎?方便的話,可以也讓我們一起加入嗎?」

無論有希在打什麼主意,既然她以大小姐模式這麼說,政近就沒有理由拒絕。政近僅止於以眼神稍微責備,然後答應——

【不要。】

(嗚咕呼!)

背後傳來有點鬧彆扭般的這句俄語,政近差點真的噴出一口氣,拚命克制下來。

「……艾莉?有希是這麼說的,妳覺得呢?」

即使內心軟腿跪倒,政近依然勉強克制表情轉頭看向身旁,艾莉莎也以若無其事的表情聳肩。

「無妨吧？也沒理由拒絕。」
「……這樣啊。」
先不提俄語，既然以日語獲得許可，政近再度轉身面向有希——
【我只要我們兩人。】
（呼咕！）
隱約帶著撒嬌聲韻的俄語，使得政近內心再也站不穩，變得像是剛出生的幼鹿。
（可惡，可惡！別說得這麼可愛！別說得這麼可愛！太萌了吧——！）
政近內心以手腳跪地的狀態用額頭狂撞地面，差點不省人事。他非常想要轉過來面向旁邊，卻沒有自信不讓臉頰僵住所以不敢轉身。
全神貫注控制顏面表情肌的政近，只能筆直瞪著有希。
（可惡，怎麼辦？可是，這時候拒絕也……要是在這時候拒絕，不就像是我想和艾莉兩人獨處嗎？話說有希！妳直接說「那麼，既然已經徵得艾莉同學的同意～～」趕快坐在位子上不就好了！這麼想要誘導我開口答應嗎？）
妹妹明明成功察言觀色卻刻意無視，政近責備她的視線愈來愈強烈。不過有希就這麼掛著雕塑般的笑容，像是觀察般微微歪過腦袋。綾乃是空氣。
（呼～～靜下心來吧。我要冷靜。首先，艾莉她……先不提當真到什麼程度，她反

對有希與綾乃參加。我也是，如果就這麼率直答應她們參加，老實說我很不爽……對了，只要半開玩笑以「我不和敵人走得太近」的調調委婉拒絕——）

「對了對了，我剛才向會長與更科學姊借了過去幾年份的考古題過來。不介意的話——」

「歡迎兩位加入。」

應考的必勝祕笈當前，政近很乾脆地改變態度。艾莉莎以俄語說的【笨蛋】插在他的背上。

◇

十分鐘後，先不提各人的心境，增加為四人的讀書會順利進行中。

艾莉莎默默寫著物理題庫。有希在正對面的座位寫著世界史考古題。有希身旁的綾乃寫著數學題庫。三人各自振筆疾書，至於政近——

「……」

他甚至沒把文具放到桌上，默默閱讀數學題庫的解答說明。

「……欸，久世同學。」

「嗯？」

「你從剛才就一直只看解答說明……這樣真的算是在念書應考嗎？」

自己還沒解題就看解答說明，只會覺得自己懂了卻記不住……這是普遍的論點，艾莉莎也贊成這種說法。

正因如此，所以艾莉莎以懷疑的視線，看向完全沒要主動解題的政近……但是政近不太在意地聳了聳肩。

「不懂的題目想再久也是浪費時間吧？有這種時間的話，不如把解答方法全部記下來比較快。」

「我說啊……這樣沒辦法好好應用吧？考試不會出完全一樣的題目，而且如果沒有自己解題練熟，正式考試的時候時間會不夠用啊？」

艾莉莎以最中肯的論點勸誡政近，不過有希此時掛著有點為難的苦笑插話。

「呵呵，沒問題喔，艾莉同學。因為政近同學總是這種感覺。對吧，綾乃？」

「是的。政近大人的念書方式總是這樣。」

坐在正對面的政近兒時玩伴兩人都這麼說，艾莉莎稍微皺眉轉向她們。

「……總是這樣？」

「是的。他總是只看課本與解答集。即使如此也能考到好成績，很厲害吧？」

有希露出帶點傻眼心情的苦笑。不過艾莉莎似乎無法接受，從堆在桌子角落的考古題（學生會歷屆累積的成果）抽出四年前的數學考題，遞到政近面前。

「那麼，你寫裡面的第六題看看。時間限制是……我想想，二十分鐘吧。如果答得出這一題，我就不再多說什麼。」

數學測驗總共有六大題，限制時間一二〇分鐘。單純計算的話每一題要花費二十分鐘，不過第一與第二題是相當基本的問題，相對的，第五與第六題會出題庫也沒列的應用題。要在二十分鐘內解答是頗為嚴格的標準。

果不其然，政近也露出「咦～～」的表情，不情不願接過考卷。

「嗯……總之，這題的話……」

「沒問題吧？那麼，開始。」

「慢著，等等，我的紙筆還沒——」

政近連忙取出文具與筆記本，開始做答。

經過整整二十分鐘之後，政近聽到艾莉莎「時間到」的聲音放下筆，將筆記本遞給她。

寫在筆記本的算式比想像的還要詳細，艾莉莎眉頭瞬間一顫，不過她說「哎，重點在於有沒有答對」重新振作開始對答案……然後表情愈來愈嚴肅。

看到她的表情變化，政近突然開始露出笑嘻嘻的表情。

「嗯？怎麼樣？沒錯嗎？」

「……沒錯。」

「很好，看到了吧！怎麼樣啊～～！」

政近像是掌握機會般得意忘形，艾莉莎以一副不悅的態度歸還筆記本。

「……總之，答對就好。」

「呵呵，我明白妳的心情……不過在意也沒用哦？因為政近同學和我們比起來，天生的聰明程度似乎就不一樣。」

「……我反倒在意他既然這麼聰明，為什麼成績總是低空飛過。」

「嗯？這很簡單。因為我沒用功！」

「這種話不應該得意洋洋說出口吧？」

政近大方斷言，艾莉莎賞他一個白眼。

「政近同學平常真的都是前一晚才臨時抱佛腳喔。」

有希加深苦笑說完，政近忽然露出空洞的笑容開口：

「太天真了，有希……最近的我……是當天早上抱佛腳。」

「說真的你是笨蛋嗎？」

「這終究不太好吧？」
「就算這樣還是避免滿江紅了。了不起吧？」
「這種事完全不能稱讚……話說，你企劃這場讀書會難道是……？」
對於艾莉莎的視線，政近理所當然般點點頭。
「當然是為了讓妳監視我別摸魚啊？我一個人用功的話絕對會摸魚。」
「……看來你很清楚自己的個性，真是太好了。」
「就算這樣，這也不是可以自豪炫耀的事情吧？」
被艾莉莎與有希賞了白眼與苦笑，政近俏皮縮起脖子。他為了從兩人身上移開視線而看向前方，發現綾乃看著數學題庫歪過腦袋。
「怎麼了？綾乃，有哪裡不懂嗎？」
「啊，不……是的。有點……」
「哪裡？」
「不，這種事用不著勞煩政近大人。」
綾乃面無表情明確拒絕協助，政近露出苦笑移動到她身旁的座位。
「不用在意。所以，哪裡不懂？」
「那個……」

「別擔心，我不會瞧不起妳。」

「不，這時候反倒希望您說：『為什麼連這種題目都不會啊，無能的傢伙。』毫不留情教訓在下一頓。」

「我可不會教訓妳啊？」

「是……嗎……」

「咦？為什麼一副有點遺憾的樣子？」

綾乃維持現在的表情悄悄看向下方，政近有點不敢領教般吐槽。艾莉莎以無法理解的表情看著這幅光景。

「欸……你們是普通的兒時玩伴，對吧？」

「咦？啊啊，沒錯啊？為什麼這麼問？」

「問我為什麼……總覺得雖說是兒時玩伴，但是距離感有點……感覺像是有希同學和君嶋同學那樣的主從關係。」

真敏銳……！

出乎預料的犀利指摘，使得政近瞬間倒抽一口氣，腦袋高速運轉思考如何搪塞。但是在政近說話之前，艾莉莎露出緊張表情開口：

「難道說……久世同學和……有希同學是……」

「！」

突然被說到自己和有希的關係，政近心臟用力一跳。不過艾莉莎接下來說的這個詞完全超乎預料。

「未……未婚夫妻……之類的？」

「櫻田門外之變？」

「咦？」

「政近同學，那是井伊直弼。」（註：日文「未婚夫妻」與「井伊直弼」音近。）

「不愧是有希，耶～～」

成功表演完美的段子，政近與有希隔著綾乃相互擊掌。

看到這段默契十足的互動，一時之間無法反應的艾莉莎瞬間愣住，接著不高興地噘嘴。

「等一下……我是認真在問問題，別打岔啦。」

「沒有啦，抱歉。不過，是因為妳說得太有趣了。」

「居然說有趣……別看我這樣，我可是很認真在思考啊？」

「喂喂喂，妳冷靜想想。有希是名門周防家的千金小姐，我是普通中流家庭的兒子。究竟要發生什麼誤會，才會成為未婚夫妻的關係？」

「比方說……雙方家長感情很好？」

「又不是戀愛喜劇漫畫……雙方家長感情再好，也很少會有『那就讓彼此的孩子結婚吧』這種想法吧？」

「……沒想到居然會被你這樣吐槽。」

平常宅言宅語的政近，反過來指摘艾莉莎的想法很宅，這個事態使得艾莉莎深感意外般板起臉。

對此，政近忽然露出無懼一切的笑容。

「而且，妳有點天真喔……說到雙方家長指腹為婚的未婚妻，適合穿和服，如同大和撫子實體化的黑髮清純型巨乳美少女才是王道！」

「……是不是挺符合的？」

「咦？」

聽到艾莉莎這麼說，政近不禁歪過腦袋，重新看向有希。

（黑色長髮，學習花道的時候也會穿和服，大小姐模式的時候是清純型……哎呀哎呀？）

確實，意外地符合。不過……

「……嗯，那個……對吧？」

「政近同學？你在看哪裡？」
「政近大人，您那雙沒教養的視線，在下不以為然。」
「差勁。」
不小心以平常在家裡應付有希時的調調說話，女性們的責難視線集中過來，政近縮起脖子。
「沒有啦，嗯，哎……總之，不可能是未婚夫妻。話說不管是毅還是妳，為什麼老是想把我和有希送作堆？」
「呵呵，大概因為我們看起來就是這麼登對吧？」
有希說著瞥向艾莉莎。別有含意的這雙視線，使得艾莉莎「唔」地皺眉。
「哪有……我只是覺得你們交情不錯。」
「那當然……我們交情很好對吧？政近同學？」
「啊～～……算是吧。」
政近點頭回應，艾莉莎「唔唔！」深鎖眉頭的模樣令他視線游移。不過在這時候乘勝追擊正是有希的作風。
「而且也經常去過夜。」
「不，這個……也是啦。」

唔唔唔！「過夜」這兩個字使得艾莉莎心情更差，眉心的皺紋加深，政近背上冒出冷汗……決定在這時候逃走。

「哎，這件事不重要吧。所以呢？綾乃是哪裡不懂？」

「那個……是這裡。」

政近打著念書備考的名義逃避，不過即使低頭看著課本，頭頂也強烈感受到艾莉莎的視線。

解決綾乃的疑問之後，這個狀況還是沒變，政近回到自己座位的時候，身旁不時瞥過來的視線依然令他冒冷汗。

「……艾莉？什麼事？」

「……想說你是不是有什麼不懂的地方。」

「不，目前沒什麼特別的問題……」

「這樣啊……」

艾莉莎像是接受般點頭，視線落在自己手邊。至此政近終於放鬆肩膀，不過……

【稍微依賴我一下啦。】

政近忘了。這個俄羅斯女孩，會在他掉以輕心的時候捅一刀。

（難……難道說，她是預料到這種狀況才坐得這麼近……嗎？）

政近在內心吐血，視線稍微投向遠方。不過艾莉莎瞥過來的眼神以現在進行式追加傷害，所以政近勉強裝出正經表情向她搭話。

「那個，不好意思，我果然還是有些地方不懂……」

「哎……哎呀，是嗎？」

「啊啊，這裡可以教我一下嗎？」

「嗯～～？真拿你沒辦法……」

艾莉莎嘴裡這麼說，同時有點開心般輕撥頭髮。政近即使被她淺顯易懂的態度補了一刀，還是捏著大腿拚命保持表情。

此時，忽然響起敲門聲。四人面面相覷之後，艾莉莎代表眾人開口：

「嗯？請進。」

「各位～～辛苦了～～」

回應艾莉莎的聲音，掛著軟綿綿笑容進入學生會室的是艾莉莎的姊姊瑪利亞。

「瑪夏？記得妳不是和朋友一起念書備考嗎？」

「嗯，已經念完了，想說如果你們還在努力，我就在回去之前幫你們泡杯茶。」

「哇，謝謝學姊。」

有希立刻露出淑女般的笑容站起來，制止同樣想站起來的綾乃之後前去協助瑪利亞。等待數分鐘後，瑪利亞泡的紅茶分到所有人的手中，大家決定休息一下。

「哎呀～～？這個是？」

瑪利亞忽然發出詫異的聲音，拿起放在會長辦公桌上的一本書。封面印著《所有人都學得會的催眠入門　～你從今天起也是催眠術師！～》這個非常可疑的書名。

「啊啊，好像是更科學姊沒收的書。大概是晚點要交給風紀委員吧？」

「是喔……」

瑪利亞受到吸引般翻閱內頁，然後慢慢坐在艾莉莎身邊的座位，在艾莉莎面前豎起一根手指。

「……什麼事？」

「來～～請仔～～細看著這根手指哦～～？妳的意識會逐漸模糊哦～～？」

「不，妳在說什麼……」

「那個……我拍手之後，妳就會落入夢的世界。要開始了哦？三二一，好！」

瑪利亞說著將書放在桌上，用力拍手。然後她以充滿期待的眼神看向艾莉莎。艾莉莎向她回以看見麻煩東西的眼神。

「……如何？」

「慢著，不會有效的。不可能會有效吧？這種書反正都是騙人的。」

「咦咦～～？唔～～那麼，再一次，再一次！」

「我不會配合的。如果要妨礙用功就請回吧。」

「那麼，換成艾莉來催眠吧？」

「不要。」

「為什麼～～姊姊也想試試看，我想試試看啦～～」

瑪利亞鼓起臉頰在椅子上搖晃身體，但是艾莉莎完全不予理會。瑪利亞對這個冷淡的妹妹露出不滿表情，然後隔著艾莉莎看向政近。

「那麼，久世學弟，由你來吧？」

「咦，我嗎？」

「因為……艾莉她好冷淡。」

看到瑪利亞鬧彆扭般這麼說，政近苦笑起身站在瑪利亞旁邊，拿起桌上的書。

「我看看，首先……催眠誘導？這個嗎……」

他打開瑪利亞剛才嘗試的那一頁，有樣學樣做做看。

「來，請仔細看著這根手指。妳的意識會逐漸模糊。」

政近稍微彎腰，在坐在椅子上的瑪利亞面前豎起食指，向她這麼說。

變化……在一瞬間發生了。至今掛著期待表情，眼神閃閃發亮的瑪利亞，兩眼迅速變得無神，表情靜靜消失。

「唔，咦……？」

政近被她突然的變化嚇到，覺得或許又是在演戲，就這麼繼續進行。

「……我拍手之後，妳就會落入夢的世界。要開始了哦？三二一，好！」

然後在政近拍手的瞬間，瑪利亞的頭無力下垂。完全是一副空洞的表情，如同人偶無神注視地面的某個點。

「那個……咦？瑪夏小姐？瑪夏小姐？」

這副模樣如果是演戲也太逼真了，政近連忙在瑪利亞面前揮手，但她的眼睛眨也不眨。

「咦？瑪夏學姊……該不會真的中了催眠嗎？」

「啊啊，不……這是怎麼回事？」

有希眨了眨眼睛詢問，政近也略顯為難地回應。此時艾莉莎以傻眼的態度抬頭，從背後搖晃姊姊的肩膀。

「好了好了，這種的就免了……瑪夏？」

不過，瑪利亞就只是任憑身體被搖晃，對於艾莉莎的聲音不做任何反應。

「等一下……這是在做什麼——」

艾莉莎不悅皺眉，站起來繞到瑪利亞正前方，姊姊反常的模樣令她睜大雙眼。但是大概無法這麼輕易接受，她立刻再度皺眉，看向政近。

「等一下，可以不要這樣嗎？居然聯合起來想捉弄我……」

「不對，不是這樣。我也因為過於出乎意料嚇了一跳……」

「騙人。這種亂七八糟的催眠術，不可能真的有效吧？」

「我也是這麼想的……不過妳看，這裡寫到愈是想被催眠的人愈容易中催眠術，應該是這麼回事吧？」

政近結結巴巴解釋，艾莉莎以疑惑眼神看他。但政近實際上完全沒有預先設局，被她這麼看也不知如何是好。

「哎，總之我先解開催眠術……」

政近像是要逃離艾莉莎的視線般低頭看書，查出解開催眠的方法，再度蹲在瑪利亞面前。

「那個……接下來我摸肩膀之後就會解開催眠。要開始了哦？一，二，好！」

政近大聲說完用力抓住瑪利亞的雙肩搖晃，瑪利亞隨即迅速抬起頭。臉上逐漸回復表情，像是小睡醒來般眨了眨眼睛。

「……那個，久世學弟？再來呢？」

「啊？」

政近歪過腦袋，瑪利亞朝他鼓起臉頰指著書本。

「真是的，這裡有寫吧？豎起手指之後要拍手。」

「不對……不對不對不對不對，咦？妳……不記得嗎？」

「咦？什麼事？」

瑪利亞露出詫異表情，政近心想「啊，這是真的」臉頰僵硬。不過即使目擊這一幕，還是有一人無法相信。

「瑪夏……這種的就免了。」

「艾莉？怎麼了？」

「就說了，唉……真是的。」

艾莉莎像是無法繼續奉陪般搖了搖頭，有希在桌子另一側向她開口：

「不然，艾莉同學也讓政近同學使用催眠術看看吧？」

「咦？」

「啊？」

艾莉莎與政近轉身看過來，有希笑咪咪合起雙手。

「剛才瑪夏學姊的催眠術沒效，不過政近同學的催眠術或許有效吧？即使只有一點點，只要感受得到效果，也可以消除疑惑吧？」

乍看之下是毫無惡意的淑女笑容。

背地裡卻是「這下子找到有趣的題材了」這種打從心底感到愉快的壞心眼笑容。清楚感覺到這一點的政近臉頰抽動。

不過，艾莉莎似乎完全沒察覺有希的心境，她回到自己的座位，以懷疑的眼神仰望政近。

「……來吧，我準備好了。」

「咦……真的要試？」

「別問了。快點結束這場鬧劇吧。」

艾莉莎以完全不會被催眠的態度哼了一聲，不經意冒出不祥預感的政近走向她。

「呃～～那麼，請仔細看著這根手指。妳的意識會逐漸模糊。」

然後他在艾莉莎面前豎起手指這麼說……原本一臉懷疑的艾莉莎，隨即變得面無表情。

「……我拍手之後，妳就會落入夢的世界。要開始了哦？三二一，好！」

政近一拍手，艾莉莎的頭就無力下垂。政近以死魚眼看著她恍神的臉蛋，照本宣科般說下去。

「好，接下來我摸肩膀之後就會解開催眠～要開始了哦～～？一，二，好！」

政近說完用力抓住艾莉莎的雙肩搖晃，艾莉莎隨即迅速抬起頭，六神無主眨了眨眼睛。數秒後，她以對焦的雙眼瞪向政近，心有不滿般開口：

「……等一下，不要中途停止啦。再來呢？」

「怎麼是一樣的反應啊！怎麼是一模一樣的反應啊！」

「咦？什麼事？」

政近忍不住大喊，艾莉莎疑惑揚起眉角。此時，有希略帶苦笑搭話：

「艾莉同學……妳剛才完全被催眠了耶？」

「咦……不會吧？」

「真的喔。對吧綾乃？」

「是的。就在下看來也確實生效了。」

聽到有希與綾乃這麼說，艾莉莎眼中掠過一絲慌張。但她立刻狠狠瞪向政近，倔強放話：

「證……證據！讓我看證據！只要沒讓我看到影片，我就不會相信！」

「咦～～……不對，到此為止就好吧？用不著這麼堅持……」

「我不要！我不甘心被當成會被催眠的女人！」

「不對，沒什麼好計較的吧？這是哪門子的尊嚴啊？」
「別問了，再一次！」
「是是是。」
然後政近依照艾莉莎的要求，再度進行一次催眠誘導……結果無須多說。
「太簡單了吧……插旗回收得這麼快，嚇死我也。」
面對眼神空洞的艾莉莎，政近頭痛般按著額頭，一旁的有希在艾莉莎面前搖手。大概是知道艾莉莎在這個狀況不會留下記憶，有希完全解除大小姐模式。
「哈囉～～艾莉同學～～？妳醒著嗎～～？」
「……」
「不行，完全沒反應。就像是平凡無奇的屍體。」
「不准說得這麼觸霉頭。」
政近無力吐槽，有希朝他微微一笑，看向坐在艾莉莎身旁的瑪利亞。
「所以？為什麼瑪夏學姊明明沒被催眠卻也中了催眠？」
「不知道。」
兄妹注視的前方，瑪利亞居然光是受到餘波（？）就中了催眠。
看著表情空洞癱坐在椅子的這對姊妹，有希嚥了一口口水。

「真的假的……那不就可以盡情做色色的事情了？」

「就算內心在想這種事也不准說出來！」

「喂喂喂，怎麼辦啊老哥……薄本要變厚了。」

「為什麼妳比所有人都興奮？」

「當然會興奮吧……這是實際的催眠術耶？真是的，所以我才受不了擁有《獲得經驗值十倍（除了球技）》這個作弊技能的傢伙。」

「不准說我有作弊技能。」

「打開狀態視窗看看吧？技能欄位應該追加《催眠術ＬＶ.３》這一項了。」

「首先我根本打不開狀態視窗喔。」

「順帶一提，催眠術技能練到ＭＡＸ之後，就可以向整座學校進行催眠，訂立無比色情的校規……」

「ＯＫ妳稍微閉嘴吧。」

為什麼這傢伙連限制級的樣版設定都瞭如指掌？政近忍不住賞她白眼。有希輕鬆無視於哥哥的這雙視線，雙手作勢捏啊捏的。

「怎怎怎怎麼辦？總之先摸奶子？」

「我不會摸啦！」

「那麼，我來摸吧。」
「喂笨蛋住手啊！」
有希真的朝著艾莉莎的胸部伸手，政近連忙制止。
有希隨即露出錯愕表情，喊著「啊啊！」輕敲手心，然後咧嘴一笑豎起大拇指，向政近拋媚眼。
「放心吧，阿哥……和接吻一樣。女生摸女生胸部，一般來說都不算數哦？」
「慢著，這是在說什麼？我不是這個意思，即使同樣是女生，向昏迷的對象出手算是犯規吧？」
「唔……可是，不提瑪夏學姊，艾莉同學平常不會這麼有機可乘……」
「說起來為什麼妳這個女生會想摸奶子？」
聽到政近這個單純的疑問，有希赫然睜大雙眼用力大喊：
「你這個混蛋！女生也一樣超愛大奶喔！可以的話我好想把臉埋進瑪夏學姊的胸部！因為一定很舒服！」
「……這樣啊。」
「所以呢……」
「不對，我不會讓妳得逞哦？」

有希真的作勢要撲向瑪利亞的胸部，政近抓住她的頸子粗魯拉開。

「嗚喵～～！我不是貓啦！」

「我知道。」

有希像是貓一樣被抓住後頸，不滿地仰望政近整理頭髮。政近傻眼看著她，朝著身後消除氣息的綾乃搭話：

「啊啊～～綾乃？就算有希喜歡大奶，妳也不必對抗啊？話說啊，女生不要在這種地方把自己的胸部集中托高。」

綾乃就這麼面無表情摸著自己的胸部頻頻打量，但她聽到政近指摘之後抬起頭，乖乖放開自己的胸部。

對於這樣的綾乃，有希以燦爛的笑容豎起大拇指。

「放心吧，綾乃，我也很喜歡綾乃的奶子哦？」

「妳這傢伙知道『性騷(sex-hara)』的意思嗎？」

「知道啊。性感哈拉騷(sexy xopomo)對吧？」

「妳會被艾莉罵喔。」

「……開玩笑的。是對祕書進行騷擾行為(secretary harassment)的意思吧？」

「雖然沒對卻也沒錯。」

「沒關係的。因為在下不覺得這是騷擾。」
「不准展現這種奇妙的抗性。不然這傢伙會得寸進尺吧？」
「不對，所以說不要一直抓著我的頸子啦。」
有希踮著腳尖，以抗議的視線看向哥哥。如果這是漫畫，感覺她會處於懸空的狀態。不過政近當然沒有這種肌力。
「唉……總之快點解除催眠吧。」
「喂喂喂，不用拍下證據沒關係嗎？」
「咦？……啊啊。」
這麼說來確實被這麼說過。政近想起這件事，心想「總之拍下照片就行吧」準備拿出手機——
「這時候突然來個阿宅機智問答！題目是！美少女被催眠了♪說到第一個下的暗示會是什麼呢？」
……的時候，政近突然聽到有希這麼問，他就這麼將手插在口袋，猛然抬頭迅速喊出答案。
「讓她退化成幼兒！」
「讓她變成開放的個性脫衣服！」

「那個……讓她說一些害羞的祕密之類吧？」

三人依序回答之後視線相交。首先開口的是政近。

「妳剛才說要變成開放的個性，會不會太籠統啊？說起來『開放的個性』＝『脫衣服』也太牽強了。」

「不不不，第一個下的暗示是退化成幼兒，這才是進攻過頭吧？這種事應該循序漸進再做。」

「唔……」

有希讓政近閉嘴，接著看向綾乃。

「綾乃的話～～……唔～～這點子不差，但有點弱。要是說出什麼天大的祕密，氣氛可能會凍結。」

「這樣啊……」

「反倒是將問題範圍限定得更小一點比較好吧。問三圍或異性經驗應該ＯＫ。」

「在下受教了。」

「不不不，用不著認真學習這種事。」

「從這一點來看！我說要讓她變成開放的個性完全是正確答案吧？而且變成開放的個性之後，或許會若無其事說出不可告人的小祕密！」

「好詐！這有點太奸詐了吧！」

「連在下的答案也包含在內……有希大人真是了不起。」

「好，表決之後是我贏！題目『美少女被催眠之後，第一個下的暗示是什麼？』的答案決定是『讓她變成開放的個性』！」

有希像是誇耀勝利般高舉拳頭，咧嘴一笑，站在艾莉莎與瑪利亞面前。

「所以呢，來讓兩人變成開放的個性吧～～」

「不准不准。」

「呵呵呵～～艾莉同學、瑪夏學姊，妳們的個性將會逐漸變得開放。失去理性，身心都變成赤裸裸的自己！」

「不，說起來我沒聽過兩個人會一起中催眠術……」

政近有點傻眼這麼說的瞬間，艾莉莎與瑪利亞的頭無力向前倒，接著露出恍神表情抬頭。明顯非比尋常的這副模樣，使得有希露出意想不到的表情。

「咦……咦？難道說，真的？」

「喂，作弊仔，妳這傢伙沒資格說別人吧？」

「沒……沒有啦，怎麼可能……」

有希表情僵硬想觀察兩人的臉，艾莉莎與瑪利亞卻在這一瞬間同時起身，走向政近。

「咦，等等——」

政近反射性地後退，但這段距離轉眼就被拉近，政近被推倒在沙發上。然後——

「……我說有希。」

「……」

「我為什麼被無限摸頭？」

「天……天曉得？這是為什麼呢？」

「喂，看這裡啊，犯人。」

政近現在被瑪利亞摟在懷裡一直摸頭。另一邊的艾莉莎也同樣被她摸頭。

艾莉莎好像也想對政近做某些事，但是回過神來就收在這個位置。看來敵得過姊姊的妹妹果然不存在吧。

話說回來，平常的艾莉莎應該會不耐煩撥開瑪利亞的手，不過這也是催眠術的影響嗎……現在她舒服般瞇細雙眼乖乖被摸頭。

（與其說是開放的個性……不如說是變成坦率的個性嗎？不過瑪夏小姐變成母性的代言人了。）

就某方面來說，這也是理性與羞恥心變淡的意思吧。政近逃避現實這麼想。

「呵呵，好乖好乖～～♪」

右手是政近、左手是艾莉莎，瑪利亞摟著兩人的頭不斷撫摸，露出幸福至極的表情。

看著這一幕，有希（姑且是大小姐模式）露出戰慄的表情。

「沒想到居然不是政近同學，是瑪夏學姊開後宮……！」

「妳這吃驚的方式很奇怪。」

政近賞她白眼吐槽，揚起視線觀察瑪利亞。

「那個～～瑪夏小姐？差不多可以放開我了嗎？」

「嗯嗯～～？不行～～」

「不行嗎～～」

聽到她這麼說，政近好想就這麼任其擺布，但是不能這麼做。因為這個姿勢感覺不太好受。

現在政近是把頭靠在瑪利亞肩膀上的狀態，不過坐姿的高度是政近比較高，這麼一來政近的上半身當然會大幅往瑪利亞的方向傾斜。

即使想伸手撐著保持平衡，但是一旁是瑪利亞的腿，再過去是艾莉莎的腿，手沒地方放。即使想將手臂繞到沙發後面，也被瑪利亞的身體妨礙無法這麼做。

應該說，雖然避免讓自己注意，不過身體現階段就抵到各種部位了。

「借我動一下……」

必須在力氣達到極限倒在瑪利亞身上之前解決問題。政近有所顧慮般移開瑪利亞的手，試著將頭抽出來……」

「啊啊，真是的，不可以啦～」

「等等，力氣好大——」

瑪利亞的手臂繞過政近脖子後方，將他抱過來。政近不禁失去平衡，連忙要伸手撐住，然而那裡是瑪利亞的腿，政近就在猶豫的時候倒下——

軟。

政近的手碰觸到柔軟的觸感，臉頰與鼻子碰觸到更柔軟的觸感。然後是一股好香的味道。左手是大腿，眼前是母性的聚合物（物理）。一言以蔽之是天堂。剛才胡亂猶豫該把手撐在哪裡，導致現在成為更加不成體統又美妙的狀況。

「對不起——！」

政近連忙想離開，卻無法如意。人類光是被制住後頸就比想像中還要無法行動。

應該說，政近每次想動，又軟又嫩難以形容的觸感就襲擊臉部，就各種意義來說很危險。

「慢著，喂！快救我——」

「綾乃！向後轉！」

政近的SOS和有希的犀利命令重疊。瞬間想出動救出政近的綾乃嚇了一跳僵住身體，接著「快點！」這聲有希的叫喊令她彈起來般向後轉。有希和她一起將整個身體向後轉，背對政近豎起大拇指。

「沒事！我們什麼都沒看見！請連我們的份一起盡情享受吧！」

「不必要的貼心就免了！綾乃！別管了快來救我！」

「綾乃！妳的主人是我吧！要聽我的話！」

「……可是——」

有希發動強權！直接命中綾乃的子宮！綾乃的眼睛冒出愛心！

「……是，在下會聽有希大人的話。」

「喂！」

唯一依靠的綾乃見死不救，政近不得已下定決心。

「啊啊真是的……失禮了！」

政近抓住瑪利亞的手，硬是把頭抽出來，就這麼從沙發起身。感覺順勢不小心摸到各種部位，但他如今決定別在意。

（素昧平生的瑪夏小姐男友，對不起。）

政近在內心向瑪利亞的男友（總覺得是金髮型男的形象）道歉之後，瑪利亞露出不滿般的表情，接著開始以雙手緊抱艾莉莎。

「……好煩。」

然而艾莉莎一把推開瑪利亞，一臉不耐煩般起身，然後慢慢脫掉制服外衣。

是因為剛才身體緊貼所以熱起來嗎……同樣以手掌朝臉部搧風的政近心不在焉這麼想……然而艾莉莎將手繞到背後，發出「嘰嘰嘰」拉下拉鍊的聲音時，他「嗯？」地歪過腦袋。

「礙事……」

「等等，妳做什麼——」

在啞口無言的政近面前……艾莉莎居然把吊帶裙的肩帶也卸下。

裙子當然被重力吸引落下。襯衫衣襬露出雪白的雙腿與水藍色的內衣。過於煽情的這副模樣，使得政近瞪大雙眼——

「雖然幹練但是在家裡很懶散的粉領族早上的樣子！」

「我懂！」

「嗯？」

「啊——」

政近反射性地大喊，背後隨即傳來贊同的聲音，轉身一看，位於該處的是背對著這裡……以小鏡子清楚確認狀況的有希。

「喂，妳看得一清二楚吧？」

「現在是說這種話的場合嗎？你身後發生天大的事情耶？」

「咦——？」

「天大的事情」這句話引得政近迅速轉身，艾莉莎居然不知何時取下領結，終於開始解開襯衫鈕釦。而且她身旁的瑪利亞也脫起制服外衣。

「不對，等等，為什麼妳們一起開始脫衣服啊？」

「啊，這麼說來，剛才我說她們的個性將會『逐漸』變得開放，身心都變成『赤裸裸』的自己……」

「混蛋妳這傢伙是天才嗎？非常感謝！」

「政近同學，你說出率直的感想了。」

不過在兩人這麼對話的時候，艾莉莎解開第三顆鈕釦，終究不能繼續開玩笑了。

政近硬是克制混亂與慌張，連忙在腦中想起咒語，半哀號般大喊：

「那個……接下來我摸肩膀之後就會解開催眠！要開始了哦？一，二，好！」

然後，他懷抱祈禱般的心情看著艾莉莎的眼睛……

「……？」

「等一下！沒解開啊？」

她若無其事解開第四顆鈕釦，露出令人驚嘆的雪白雙峰深谷與水藍色布料，政近使勁將視線向上移。

「喂，有希，換手！」

「咦？負責拍嗎？」

「妳是魔鬼嗎？我是叫妳解除催眠啦！」

「啊，嗯。」

大概是終究覺得不妙，有希跑過來的聲音傳入政近耳中，政近就這麼看著上方讓出位置。

「那個……接下來我摸肩膀之後就會解開催眠！要開始了哦？一，二，好！」

響起有希的聲音，然後陷入寂靜。緊張感充斥得令人作痛的數秒後，有希輕聲開口。

「慘了，這個解不開耶。」

「喂～～！真的假的？」

隨著告知絕望的話語，斜前方又傳來裙子輕盈落地的聲音，政近再度驚慌失措。

「不，說真的，這下該怎麼辦——」

「綾……綾乃！我按住艾莉同學，妳去阻止瑪夏學姊——」

「瑪夏～～？我們這邊早就結束了……？」

突然隨著開門聲傳來這個熟悉的聲音，政近看向該處，站在那裡的是驚訝瞪大雙眼的茅咲。

「……咦？怎麼了，這是什麼狀況？」

「更……更科學姊！那個，就是……我試用書上的催眠術，不小心解不開了？」

聽到有希這麼說，茅咲視線投向放在長桌上的書……逕自點頭之後關上門，大步走過來。

「借個位置。」

然後，她要求按著艾莉莎雙手的有希退下，以迅雷不及掩耳的速度從側邊一拳打向艾莉莎的下顎。

不只如此，在艾莉莎身體搖晃時，還以雙手指尖高速敲打她的太陽穴與臉頰。

結果艾莉莎的眼神變得空洞，身體完全脫力，茅咲溫柔讓她靠在沙發上。所有過程整整三秒。

接著她也對瑪利亞重複相同的流程，讓姊妹倆並肩坐在沙發之後滿意點頭。
「好了。」
「不不不！」
政近對此終究不得不吐槽。甚至忘記移開視線，僵著臉頰詢問茅咲。
「咦，等等——您剛才做了什麼？」
「啊？重設。」
「只有瘋狂科學家會對人類使用這個詞吧？」
政近半哀號如此吐槽之後，九条姊妹同時發出「唔唔～～」的聲音，政近嚇得抖了一下。
「呃，咦……我怎麼坐在沙發上……？」
「哎呀……總覺得好像暫時失去意識……？」
「那個，艾莉同學、瑪夏學姊，我能體會兩位混亂的心情……不過總之最好先整理服裝儀容……」
「咦？」
「服裝儀容……呃！」
不久後，兩人發出尖銳的哀號，政近全力轉頭背對。然而披著不祥光暈的一隻手緊緊抓住他肩膀，用力轉向前方。

接著，政近眼前是茅咲掛著微笑的美麗臉龐。

距離近到一般男生會害羞忍不住迅速移開視線……但是政近移不開。因為他確信一旦移開視線就會沒命。

「話說回來，久世學弟……你看見了吧？」

「……」

現在不是裝傻問「看見什麼？」的氣氛。卻也不是老實承認「看見了」的殺氣。

結果政近嚥下口水什麼都不敢說，他面前的茅咲緩緩舉起右手，逐一折彎手指發出啪嘰啪嘰的聲音。

「要幫你重設一下嗎？」

茅咲就這麼面帶微笑歪過腦袋，政近高速搖頭。

◇

「那麼，聽聽妳反省的說詞吧。」

回家之後，在按照當初預定要轉移地點繼續進行讀書會的久世家，政近坐在臥室床上，俯視在地毯正坐的有希。

在那之後真的是吃盡苦頭。多虧有希說：「使用催眠術的是我！」政近好不容易迴避了茅咲的重設，不過艾莉莎以看著罪犯的眼神看他，瑪利亞也終究覺得不好意思而匆忙回家……明天之後不知道要以什麼表情面對，政近頭好痛。

總而言之，那個詭異的催眠術已經決定永久封印，不過這麼一來剩下的就是……清算剛才闖的禍。

「有什麼想說的嗎？恣意性騷擾同學與學姊之後還讓她們脫衣服的有希小姐？」

「……並沒有。」

「總之不要從否定開始好嗎～～？」

「是的，是的，我做了啦！我壞心眼讓艾莉同學與瑪夏學姊半裸了！不過一般來說不會覺得真的有效吧！」

「嗯，就算這樣，我覺得惱羞成怒還是不太對哦～～？」

政近以溫暖的眼神俯視，有希只是冷漠撇過頭去。

政近對這樣的妹妹嘆口氣，看向她身旁——明明沒有特別指示，卻不知為何一起正坐的綾乃。

「啊啊～～綾乃？用不著連妳都一起正坐啊？畢竟錯的是有希。」

「不，既然主人在正坐，在下就不能站著。」

綾乃理所當然般回答。了不起的忠誠心。這段發言正可以說是隨從的典範。只不過令人在意的是……

「……我的好妹妹啊。」

「什麼事，我的好哥哥？」

「……為什麼這孩子看起來有點開心？」

「因為她是M。」

有希立刻回答，政近不禁閉目仰天。

他抬頭朝著天空長達十秒左右，緩緩彎腰按住眼角。然後慢慢取出手機，啟動遊戲轉蛋。

「嘖，又是座敷童嗎？」

「……」

「……」

政近因為沒中獎而咂嘴，將手機扔到枕頭上，然後清了清喉嚨，重新裝出正經表情，手肘靠在膝蓋，迅速將臉湊向有希。

「所以，反省的話語呢？」

「不對，別逃避現實好嗎？」
「這我哪能不逃避現實啊！」
聽到有希冷靜的吐槽，政近猛然抱頭。哥哥面對難以接受的現實，以雙手擺出牢固的防禦架式，有希以冰冷的表情進一步追擊。
「還有，前置好長。」
「這我道歉。謝謝妳沒在中途吐槽等我做完。」
「不用客氣。」
對於這句強烈的指責，政近從雙臂縫隙悄悄露臉道歉。感覺綾乃可以在這時候吐槽說「這是哪門子的鬧劇」。
「呼……好啦，那麼聽聽妳反省的說詞吧。」
「不對，就說不要企圖不了了之好嗎？」
「我什麼都沒聽到～～」
看著哥哥裝出瞳孔放大的虛無表情想湮滅剛才的行為，有希詢問身旁的綾乃。
「欸，綾乃妳是M嗎？」
「是的，在下是女僕（M）。」
「兄長大人，言盡於此。」

「住嘴啊！」

綾乃居然宣布自己是M，政近再度抱頭。

「我不要！光是妹妹就這副德行了，居然連可靠的兒時玩伴都變得不正常！」

「喂，你這是什麼意思？簡直像是在說我不正常吧？」

「妳居然認為自己正常嗎？」

「嗯，我的可愛程度確實不正常。」

「不准自己這麼說。」

有希雙手抱胸正經八百點頭，政近賞她一個白眼。接著有希咧嘴一笑揚起視線，極為做作地仰望政近。

「不過說真的，我很可愛吧？」

她握拳抵在臉頰拋媚眼，真的是做作又可愛的表情。不過政近就只是冷眼俯視。

「我可以認真回答嗎？」

「好啊，來吧。」

政近以嚴肅表情問完，有希也裝出格外嚴肅的表情。在洋溢著隨時會進行重要告白的緊張感之中，政近沉重告知。

「說真的……超可愛的。」

「謝謝～～我撲！」

「妳是無尾熊嗎？」

有希瞬間脫掉嚴肅面具，從正坐狀態俐落彈跳起來，張開雙手雙腳撲向坐在床上的政近。她的模樣確實如政近所說，看起來像是以雙手雙腳抱住父母身體的無尾熊。然而……

「唔～～真要說的話是愛死你的雙腿夾腰體位——」

「閉嘴。」

「人家愛死葛格惹～～」

「不准突然退化成幼兒。」

「……啊啊，就是這個。」

有希忽然像是接受某些事般出聲，然後離開政近，像是想到妙計般得意洋洋左手扠腰，右手按在胸口。

「ＯＫ我知道了。那麼，對艾莉同學與瑪夏學姊使用催眠術的那件事，我就來接受懲罰吧。」

「啊？懲罰？」

「我的意思是說，依照『以眼還眼以牙還牙』的原則，我也要對自己催眠，如哥哥所願退化成幼兒。」

「不對，我在機智問答的時候確實這麼回答，但我沒這麼希望……綾乃，妳的主人在說什麼鬼話？」

「不知道……在下這樣的凡人終究無法理解。」

「不對，別說得好像有希有什麼很深入的想法好嗎？這傢伙現在完全是想到什麼就說什麼啊？」

「看似如此，其實有某種盤算……」

「沒有沒有。妳是凡事都朝善意方向解釋的誤會型主角的跟班嗎？是總有一天會說出『不愧有希』這種話的傢伙嗎？」

「不好意思，請問『不愧有希』是指……」

「『不愧是有希大人』，簡稱『不愧有希』。」

「政近大人，對地位較高的人使用『不愧』這種字眼很失禮。」

「不，這我知道。」

面對冷眼注視綾乃的政近，有希大幅張開雙腿坐下，擺出像是在挑逗的姿勢。

「接招吧，哥哥！我現在要全力拋棄羞恥心！全力讓精神年齡後退！」

「真的嗎？原來妳有羞恥心嗎？」

「有啦混蛋！唔喔喔喔喔————！」

有希釋放懾人的氣魄。

這股魄力彷彿是將散發光暈的某種能量增強，準備使出必殺技的戰士。在胸前緊握雙手，一邊咆哮一邊用力將上半身向後仰的有希，維持大幅後仰的姿勢靜止。

「……喂，有希？」

「……」

「喂～～」

「……哥哥大人？」

「咕咳！」

有希露出簡直是純真無瑕的美麗雙眼將上半身挺直，政近按著胸口彎下腰。看到政近做出像是胸口突然中槍的反應，有希擔心地跑過去。

「哥哥大人您怎麼了？」

「嗚咕，別……別這樣，舊傷，我的舊傷！」

「傷……？糟了！快叫醫生！」

「不對……！別……別露出那種潔淨的眼神！」

「潔淨的眼神……？為什麼？哥哥大人明明也是一樣的眼神啊？」

「不對啦！就算形狀很像，我的眼神是汙濁的！」

有希將手放在坐在床上的政近膝蓋，疑惑歪過腦袋。嬌小體型搭配嬌憐的容貌，只擷取這一幕的話可愛得宛如天使。只不過，對於懷抱著汙穢悲傷的政近來說，這份純真好刺眼。

「哥哥大人，您身體不舒服嗎？」

「我……我說啊？有希，算我的錯，可以請妳復原嗎？」

「哥哥大人，我聽不懂您在說什麼。」

「我受夠了！綾乃！她是妳的主人吧！想想辦法啊！」

政近忍不住向綾乃求助，但是當事人綾乃維持著看見尊貴光景的眼神，靜靜消除氣息。

「喂，慢著！不准試著成為空氣！給我回來啊！」

「欸，哥哥大人……」

「就說妳別露出這種純真的眼神了！」

天使般的有希、空氣般的綾乃。場面混亂至極，結果這天變得無從舉辦讀書會。

第3話 但我並不是特別想打掃啊？

寂靜。某間公寓住家的客廳，如今充滿舒適的寂靜，甚至不令人覺得這裡有三個玩心正盛的男高中生。

傳入耳中的是雨聲、空調送風聲，以及筆尖在紙上遊走的些微聲響。如此而已。

充斥在室內的沉穩氣氛，搭配以空調調整的舒適溼度與氣溫，是令人不禁想打起瞌睡的——

「不夠滋潤～～！」

……原本是這種感覺，然而突然起身的少年——毅高聲一吼，這股氣氛瞬間被打破。

「怎麼突然大喊？」

「狠狠拍打別人家的桌子，我覺得不太好哦？」

坐在對面的政近與光瑠露出苦笑仰望毅。

「怎麼了？不喜歡除溼？要切換成冷氣模式嗎？」

「我說的不是空調設定，不是那種滋潤啦！」

「不然是哪種滋潤？」

「哎，我大致想像得到就是了……」

即使被兩名好友投以溫馨視線，毅也毫不畏懼大喊：

「為～～什麼三個大男人難得放假卻要可憐兮兮用功啊！就算要開讀書會，正常來說也會邀女生參加吧！」

「喂喂喂，別學我說話好嗎？」

「不，這並不是阿宅的想法啊？始終是常識！」

「你說的『常識』，是對於某部分現充人生贏家來說的『常識』吧？套用在平常沒有和女生打交道的我們根本是錯的吧？」

「喔喔～～你好意思這麼說嗎？和我們這屆兩大校花交情那麼好的你，好意思說沒有和女生打交道嗎？」

「不，總之……你說呢？」

毅說的「校內兩大校花」是「孤傲的公主大人」艾莉莎以及「深閨的千金小姐」有希。

從毅的角度來看，艾莉莎在班上坐政近旁邊，是說好搭檔參選下一屆學生會長的交情。有希同為學生會成員又和政近一起長大，所以交情很好。實際上有希是政近的親妹妹，不過對於不知道這種事的毅來說，政近的立場看起來確實非常得天獨厚。

「不只是和周防同學交情特別好，又是唯一和那位艾莉公主有交流的男學生，這樣的你說沒和女生打交道？給我向全校的非現充男生道歉！」

「我和美少女交情很好真是抱歉啊，羨慕嗎？你羨慕嗎？」

「臭小子！」

政近笑嘻嘻挑釁，毅像是看見殺父仇人般狠瞪，雙手用力拍在桌面。

「我好羨慕！所以請把她們兩人叫來這裡吧！」

「真老實。」

毅順著雙手拍桌的氣勢猛然低頭，政近露出苦笑。

「話說在前面，我也不會在假日隨便叫她們兩人出來啊？有希應該忙著學才藝，而且我幾乎不曾私底下和艾莉聯絡。說起來，要是叫她們兩人過來，你應該會緊張到無心用功吧？」

「哎，是沒錯啦……」

毅似乎有所自覺，一屁股坐回椅子上，就這麼在桌面托腮忿恨看著手上的課本，忽然像是察覺什麼般抬起頭。

「那麼，那個女生呢？」

「那個女生？」

「就是她啊，上次討論會和周防同學一起做事的女生。」

「啊啊……」

聽到毅這段話，政近察覺他說的是有希隨從兼會長選舉搭檔的綾乃，發出有氣無力的聲音。

「總覺得她乍看之下不起眼，不過仔細看會發現超可愛吧？我沒看過那個女生，是在高中從外部入學的嗎？」

「沒有啊？她完全是內部直升啊？」

「咦？是嗎？那麼是在高中出道之類的？」

「……不，那傢伙從國中就一直是那種感覺。」

「是喔～～……慢著，這個說法！你該不會從國中時期就和那個女生交流吧？」

「不，該說是從國中嗎……我們是兒時玩伴。」

「啥～～？」

聽到政近的告白，毅發出半走音的聲音探出上半身，從極近距離瞪向政近。

「你這傢伙說真的適可而止好嗎？到底和美少女多麼有緣啊！」

「羨慕嗎？」

「超羨慕的～～！」

毅一副像是要咬手帕的表情頻頻拍桌，毅然抬起頭。

「所以，幫忙介紹吧？」

「不要。」

「為什麼！」

「有誰會把寶貴的兒時玩伴介紹給色猴子嗎？」

「誰是色猴子啊！」

「就是你啊，是你。話說回來，你有意思的話就自己出擊啊？」

「咦……不，要向第一次見面的女生搭話……會緊張吧？」

「你是純情少年嗎？」

毅害羞游移視線，政近賞他一個白眼。

「明明可以和班上女生正常說話，為什麼在這時候會緊張？」

「不，那是……比起向班上同學搭話，向別班的陌生女生搭話完全是兩回事吧？而且……」

「而且？」

「……我大致上都只會向一群女生搭話，不敢向單獨的某人搭話……」

「……原來如此？向一群女生說『妳們啊～』主動出擊沒問題，不過要向單獨的某人搭話說『某某同學』就辦不到了。」

「會緊張吧？」

「所以才說你是純情少年。」

毅這種態度不像是平常積極接觸女生的他，政近與光瑠露出不敢領教與會心一笑各半的表情。

「真是的，如果你沒有這種奇怪的消極個性，我覺得正常來說都交得到一兩個女友才對。」

「就是說啊～」

「呃，喂喂，怎麼突然這樣……」

聽到兩個朋友感慨這麼說，毅有點為難般靦腆回應。

「沒有啦，因為你個性開朗又善於交際，又是不太討人厭的類型，長得也不難看……有點不懂得察言觀色就是了。更重要的是，你想交女友的慾望強烈，只要拿掉關鍵時刻變得消極的個性，成為真正的肉食系，我覺得正常來說都交得到女友。」

「說得也是。表裡如一的率直個性，我覺得好感度很高喔……有點不懂得察言觀色就是了。」

「我不覺得你們在誇獎！什麼嘛，難得稱讚就讓我盡情痛快一下啦！為什麼要補充無謂的感想啊！」

「沒有啦，因為……」

「是啊……」

兩人帶點苦笑相視，毅掛著不悅表情坐下。就這樣，他暫時嘟噥說「反正我就是白目啦～～」然後瞪向政近。

「……這麼說的政近你呢？你也是不為人知的高規格男生，想交女友的話應該難不倒你吧？」

「啊？我？」

「光瑠的話……我聽說之前發生各種事，可以理解為何不交女友……不過政近你呢？沒想過交女友嗎？」

「唔～～嗯……」

對於毅的詢問，政近雙手抱胸思考片刻。

「……不太想交吧。」

「為什麼？該不會你真的只對二次元感興趣？」

「不，並不是這麼回事……我交到女友這種事，感覺太不真實了。」

「為什麼啊？雖然這麼說會不好意思，不過你只要收起平常不正經的態度，真的就是相當完美的超人吧？外表也是，雖然比不上光瑠卻也不錯。」

「不，我的長相是普通水準吧……」

「是嗎？真要說的話，我也覺得政近算是型男類型。」

「你們說真的嗎？總之我也覺得自己體格不錯啦……」

關於臉蛋，政近真的覺得自己是普通水準。應該說要是和光瑠相比，他對自己的長相有很多意見……不過幾乎所有人都會這麼想吧，所以他刻意沒多說什麼。

「就算這樣，你也不否認自己是完美超人吧？」

「……哎，我知道自己的運動細胞與腦袋相當不錯。」

政近聳肩回應毅的冷眼指摘。政近絕對不是對自己的天分毫無自覺。他在朋友面前只形容為「相當」，實際上卻知道自己擁有的天分不只是「相當」的等級。

政近的阿宅妹妹曾經半開玩笑說他擁有《獲得經驗值十倍（除了球技）》的作弊技能，但是政近大致上無法否認，他至今在全方位領域發揮的天分就是這麼優秀。多虧如此，昔日他甚至被周防家的幫傭稱為「神童」。

不過，這是……

「終究只是天生的才能，沒什麼好驕傲的。」

「不，我覺得這部分驕傲一下也無妨……」

「毅……教你一件好事吧。沒付出多少努力，只仗著父母賦予的天分宣稱『本大爺超強好棒棒』的傢伙，是讀者最討厭的主角。而且啊，輕易愛上這種混帳作弊後宮仔的女主角，同樣會被稱為『腦弱女角』受人撻伐。」

「這個嘛，我大致可以理解……但你並沒有宣稱『本大爺超強好棒棒』吧？」

「我知道得意忘形的話會被撻伐，所以一直謙虛地生活下去喔～～」

政近以毫無幹勁的感覺說完，放鬆力氣向後靠在椅背。

（不過即使如此，我也確實靠著父母賦予的天分過著瞧不起世間的人生。）

活用超乎凡人的聰明才智與高明手腕，沒費多少心力就進入日本屈指可數的名門學校就讀，還在學生會活動累積相當的實績，也已經充分為將來鋪路。

這真的是瞧不起世間。是在嘲諷那些認真努力拚命過活的人們。如果因而輕易獲得像是二次元女主角那麼出色的女友，真的會飽受抨擊吧。

「『戀愛的女神，會對主動出擊的人類微笑』……」

「那是什麼？」

「哪部漫畫的台詞嗎？」

「不是啦。是我爺爺的名言？還是口頭禪？意思是在戀愛這方面，主動積極出擊的傢伙才會成功。」

順帶一提，這裡說的「爺爺」是政近父方的祖父。熱愛俄羅斯，是向兒時政近不斷推薦俄羅斯文學或俄羅斯電影的元凶，在年齡超過七十歲的現在，依然述說自己夢想著總有一天左擁右抱俄羅斯美女享用伏特加的時髦老爺爺。不過最後得補充說他本人酒量其實很差，喝下伏特加想必會急性酒精中毒。

「是喔～總之要說是真理也沒錯吧……嗯？等一下，那麼光瑠是什麼狀況？」

「天生被戀愛女神寵愛的人是例外吧？」

「我一點都不開心就是了。」

光瑠以表情脫落的面容立刻回答，毅嘴角僵硬一笑。

「沒有啦，嗯……以你的狀況，總覺得是被戀愛女神用病嬌的感覺寵愛，嗯。」

「畢竟常有人說女神的嫉妒深似海……是那樣嗎？在光瑠完全不再相信女性的階段，女神就會說著『你今後只有我了』並且降臨的模式嗎？」

「那不就是惡魔了？」

「確實。」

「只不過，無論是病嬌女神還是惡魔，我的話完全沒問題！應該說！只要一次就好，我想被女生求愛！」

毅本性不改說出願望，政近與光瑠露出苦笑。

「不過，只採取守勢期待被求愛，我覺得很危險……而且我爺爺說過，進攻的態度好像很重要？」

「進攻的態度嗎……我知道了！我會試著成為真正的肉食系男生！然後努力積極追求女生！」

「喔～～加油吧～～」

「適可而止啊……」

畢竟是別人的事，所以政近決定適度聲援毅……無從得知在不久之後，這段不負責任的發言會以「責任」的形式降臨在自己身上。

◇

「……呼。」

毅與光瑠回去之後，政近在自己房間繼續念書準備明天的考試。然而……

「提不起勁……」

政近自己也清楚知道專注力沒有持續下去。雖然有在念書，內容卻完全裝不進腦袋。他自己也知道視線只是掃過課本，即使知道不能這樣而努力塞知識，卻沒能保留在腦中逐漸消失。明顯是效率低落的狀態。

「啊啊……已經十一點了嗎……」

洗完澡之後念了兩個小時左右的書，卻老是在浪費時間，完全沒進展。

「《劍禍》差不多開播了……」

每週期待的深夜動畫播放時間將近，政近心神不定。

（在效率這麼差的狀態念書也沒用，休息一下再念書比較好吧？）

這種想法浮上心頭，不過政近自己也知道，要是這時候暫時逃避跑去看動畫，絕對會就這麼無法回來念書。

（可是……又不是多花時間就比較了不起，而且考試範圍已經念完一遍，之後只要明天早上複習一下……應該說，在我想這種事的時間點就明顯無法專心了。）

政近無力向後靠在椅背，絮絮叨叨在腦中編出一堆藉口時，動畫播放時間到了。

「開始了嗎……」

……但是到最後，政近沒開電視，等待約五分鐘之後像是放棄般重新面向書桌。

「唉……我變得這麼沒毅力了嗎……」

等到動畫開播，才好不容易克制慾望，政近對這樣的自己嘆了口氣。以前只要是為了母親或那個孩子，明明付出多少努力都不以為苦。看來在志氣消沉的這幾年，自己已經忘記如何努力了。

政近想要回應艾莉莎……以及沙也加的期待。為了她們兩人，自己必須成為面對任何人都不丟臉的副會長參選人，他也擁有這份使命感……曾經擁有。至少在一週前是如此。

（可是……即使成績稍微變好，也有種「所以又怎樣？」的感覺。說起來，成績進步的這個目標本身只是我自己設定的，並不是和某人這麼約定過。）

不過，如今這份心情沖淡到甚至冒出這種想法。現在政近的幹勁終究只是這種程度。

（到頭來是自我滿足吧……哎，所謂的努力大致都像是一種賭氣與自我滿足。這就是所謂的「敵人永遠都是自己」吧。能夠持之以恆做這種事，艾莉果然了不起。）

朝著自己立下的目標，為了成為自己理想的自己，持續進行永無止境的努力，這種事一般來說是做不到的。一言以蔽之就是「上進心」吧，不過艾莉莎擁有某種無法以這種字眼解釋的耀眼光輝。

「哎，我絲毫沒有上進心這種東西就是了……應該說沒有慾望這種東西。」

地位、名譽、金錢或美女，政近都沒有特別想要。只要明天也和今天一樣，維持這種還算平穩也還算快樂的日常生活就好。反倒是如果會失去這份平穩，他寧願不要地位或名譽，也不想為了獲得金錢或美女而主動破壞平穩。這是政近的基本原則。

這樣的政近，之所以決定和艾莉莎搭檔參選……單純是因為他放不下艾莉莎，隱約焦急心想她不該這樣下去。

「但是為此……至少要努力到艾莉的一半程度才行……」

政近趴在桌面，將額頭按在課本低聲呻吟。

「我要加油……至少不能害得艾莉被我的評價拖累……」

現在的政近只是一個上課態度與成績都很差的劣等生，不過只要成績進步……具體來說，只要成績優秀到成為張貼在走廊的前三十名，評價肯定會改變。

（沒錯，目標是在上課時老是睡覺，成績卻特別好的少女漫畫英雄！會被正經努力向學的女主角吐槽的那種定位！）

比起壓倒性的努力，人們更崇拜壓倒性的才能。說來悲哀，比起總是努力用功得到好成績的人，看起來完全沒用功卻得到好成績的人，更容易被世間的多數人視為了不起的天才而吹捧。

從政近的角度來看，他很想說出「啊？努力的人肯定更了不起更偉大吧？」這種感想……不過這是事實，所以也沒辦法。而且他認為以自己的能耐，只要有心就可以處於這個位置。先前在不會被他人注意的學生會室念書，其實也是這個原因。

「所以加油吧……再撐一下。」

政近鼓舞自己，猛然抬頭的這時候，放在桌上的手機振動了。

「嗯？電話？」

聽到「嗡～～嗡～～」的連續振動聲，政近連忙拿起手機……看到顯示的名字之後僵住。

「咦……艾莉？」

原本猜想大概是父親或有希打來的，所以這個名字令政近驚愕。因為他和艾莉莎當然沒互通過電話，連簡訊都很少互傳。而且現在是深夜。優等生艾莉莎在這時間打電話也太晚了。

「啊，掛斷了。」

但是電話在他思考的時候掛斷了。剛好十秒就掛斷，看來應該是艾莉莎主動結束通話。這麼一來，感覺不是什麼特別重要的事……不過政近決定先回電。撥打號碼之後，鈴聲還沒響完兩次就接通了。

「啊，喂？」

『……晚安，久世同學。』

「喔喔，晚安……怎麼了？有什麼事嗎？」

『並不是有什麼要緊的事……』

艾莉莎含糊回應，政近咧嘴一笑，立刻開她玩笑。

「怎麼啦？突然想聽聽我的聲音嗎？」

『……』

政近以莫名低沉的帥氣聲音說完，對方傳回的是沉默。可以清晰想像艾莉莎冰冷視線的這股沉默，政近終究覺得不自在，清個喉嚨想要改變話題——

【……不好嗎？】

……原本想這麼做，但是在前一瞬間傳來這句俄語，令他「咚」地趴在桌上。

『……？什麼聲音？』

「沒事……話說回來，妳剛才說了什麼？」

『我說了「笨蛋」。』

「啊，是喔……所以，有什麼事？」

『……那個，你說過自己一個人的時候會偷懶吧？我擔心你念書有沒有問題。』

「……」

遭到一針見血的指摘，令政近說不出話。接著，手機另一頭傳來音調降低好幾階的聲音。

『難道說……』

「不，我可沒偷懶啊？雖然有一瞬間被動畫的誘惑所動搖，但是我確實戰勝了，真的真的。」

『……』

打從心底質疑般的沉默維持數秒後，傳來小小的嘆息聲。

『明天就要考試耶？現在不是克制慾望的時候嗎？』

「哎，是沒錯啦……抱歉我真是沒毅力啊。」

『我又沒這麼說……』

「我實在是提不起勁……我反倒想問，妳在這種時候是怎麼維持幹勁啊？」

『……用不著維持幹勁，我的幹勁從來沒中斷過，所以不知道怎麼維持。』

「……真的假的？妳真厲害啊。」

艾莉莎隨口說出這種驚人之語，政近臉頰僵硬。接著，艾莉莎稍做思考，然後緩緩開始說明：

『也對……我反倒是一直被時間追著跑的感覺吧。是否還有事情沒做完，是否還有哪個地方可以做得更好……想著想著，我就沒空在意幹勁這種東西了。』

「……真的好厲害。」

或許該說她真的是完美主義者吧。徹底追求自身理想的這種態度，政近率直感到佩服。同時覺得剛才心想「再來等明天早上重看一遍就好吧～」的自己有點丟臉。

「那麼，妨礙到妳也不太好……我也會向妳看齊，試著再努力一下。謝謝妳特地打電話過來。」

『咦，啊……』

「嗯？」

政近正準備掛斷時，聽到帶點慌張的這個聲音，再度將手機底在耳際。

「怎麼了？」

『……』

「？」

詫異心想發生什麼事的政近耳朵，收到隱含深切語氣的一句俄語。

【還……不行……】

這句呢喃使得政近彷彿額頭中槍般向後仰，緩緩從椅子滑落。豎耳聆聽時突然傳來這句氣聲，從耳朵到大腦都嚴重麻痺。

（這……這傢伙居然在耳邊輕聲說這種話！而且啊，「還不行」是什麼意思？不對，應該是「還不行掛斷」的意思吧！可是太過抽象，各種不當的妄想直衝腦門唔喔喔喔————！）

撥弄耳膜到發麻的呢喃，使得政近的阿宅腦失控！腦中顯示艾莉莎露出嬌羞表情移開視線的畫面，剛才的呢喃在腦中重播！

（【還……不行……】慢著，這完全是接吻場景吧！是將臉湊過去的時候被她按住嘴巴的那一幕吧！是交往之後第三次約會完道別的狀況吧！…………啊，這是後來兩人變得有點尷尬，新角色像是抓準時機在這時候再度掀起風波的橋段。）

『……久世同學？』

「而且啊，這個新角色大致上知道兩人之中某人以前的祕密，而且不經意就暗示自己知情。第一印象愈是開朗又陽光的傢伙愈不能相信喔。」

『……你在說什麼？』

「咦？少女漫畫裡的轉學生，和少年漫畫的轉學生比起來，心懷惡意的角色是不是比較多？我正在說這個啊？」

『……我現在非～～常清楚你完全沒辦法專心念書。』

「啊，不……嗯。」

進行奇怪妄想的政近尷尬沉默下來，艾莉莎輕輕嘆口氣，像是切換心情般開口：

『我想想……那麼，既然你提不起幹勁，要不要打個賭？』

「打賭？」

『順便問一下，你這次的目標是？』

「目標？考試的？」

『對。』

「……姑且是全學年前三十名。」

『……定得這麼高啊。哎，好吧。如果你達成這個目標，我就答應你任何一個願望。』

「嗯？妳剛才說『任何一個』？」

『……當然必須在良知範圍內。』

「啊，沒有啦，抱歉。我覺得身為阿宅必須對剛才那幾個字起反應。」

聽到「任何一個」而上鉤的下一瞬間被冰冷語氣回擊，政近游移視線辯解。

『……我聽不懂你在說什麼，不過總之打這個賭如何？』

「那個，沒能達成的時候當然就是……」

『當然就是要你答應我的願望。』

「……這我在某方面滿有興趣的。」

『久世同學？』

「啊，沒事！剛才那個不是我想被妳命令之類的斗M想法哦！純粹只是我好奇妳會對我提出什麼願望而已啦！」

政近連忙更正誤解，艾莉莎依然有點懷疑般沉默片刻，然後以俄語輕聲說：

【……名字。】

「咦？」

『這是提示。』

「……不對，妳說俄語我又聽不懂。」

『我知道。』

被她輕聲竊笑這麼說，政近在心想「不，其實我聽得懂俄語啊？」暗自吐槽。但是即使聽得懂俄語，也不知道她說的「提示」是什麼意思，政近歪過腦袋。

『那就這麼說定了，沒問題吧？』

「啊，啊啊，總之……如果我達成前三十名的目標，妳就會聽我的話。如果沒達成，我就要聽妳的話。對吧？」

『嗯，沒錯。』

「好喔。咕嘿嘿，我會讓妳後悔向我提出這個賭……」

『哎，儘管加油吧。』

「……妳的無視技能提升了耶。做哥哥的我有點寂寞……」

『你什麼時候變成我哥了？我們同年吧？』

聽到艾莉莎有點傻眼的這句話，政近歪過腦袋。

「不……我們確實同屆，不過年紀是我比較大吧？」

『咦？』

「咦？」

手機的另一頭，傳來像是看得見艾莉莎錯愕表情的驚呼聲。政近同樣回給她一個問號，為求謹慎而發問。

「……妳的生日是十一月七日吧？」

『是沒錯……你怎麼知道？』

「妳轉學進來那時候不是在班上說過嗎？記得我是當時聽到的……總之，這件事不重要。我的生日是四月九日。」

『……』

「我已經滿十六歲了耶……？」

『……』

難以言喻的沉默在兩人之間流動，政近為了掩飾尷尬氣氛而清了清喉嚨，決定早早結束這通電話。

「啊～～嗯嗯，那麼時間差不多了……」

『……也對。』

「艾莉，謝謝妳特地打電話給我。」

『沒什麼……不用客氣啦。』

「喔，那麼明天見。」

『嗯，明天見。』

然後兩人各自掛斷電話，政近伸了一個懶腰。

「唔唔……好！」

重整心情，再度面向課本。幾分鐘前跌停板的幹勁，經過艾莉莎那通電話之後完全重新振作。

並不是被艾莉莎打的賭引誘。只是艾莉莎這麼晚了還不惜削減自己的念書時間打電話過來關心，這個搭檔的存在令政近感到開心，不由得想回應她的關懷。

（不過，沒想到她看出我沒什麼幹勁……）

被看透到這種程度，政近在害羞的同時也好開心。「心心相印」這四個字自然浮現在腦海，胸口有一股酥癢的感覺。

「謝謝妳啊，艾莉。」

政近露出害羞的笑，靜靜向搭檔道謝，進入最後衝刺階段。

◇

另一方面在這時候，他的搭檔艾莉莎則是……

「沒事的……沒事的……」

她在打開自己房門的時候，輕聲對自己說了一些話。

若問她正在做什麼，其實沒什麼大不了的，只是要前往客廳喝水。

然而明明只是喝水，為什麼要把神經繃得這麼緊……原因要回溯到數小時前吃晚餐的時間。

『潛藏在世間，超越人智的存在。他們身上發生的毛骨悚然靈異現象……今晚，邀請您進入恐怖的世界吧……』

隨著背脊發涼的ＢＧＭ，螢幕播放混有雜訊的詭異影像。

吃晚餐時湊巧打開電視一看，畢竟現在剛好是夏天，靈異特輯節目開播了。

怕鬼的瑪利亞在這個時間點早早就將晚餐收拾乾淨回房……不過艾莉莎在不服輸的個性推動之下，露出「真是的，瑪夏真容易受驚嚇……我？我完全不怕啊？」的表情慢慢吃晚餐，維持「哎，結果沒什麼大不了的」的平靜態度回到房間，然後照例般到了深夜開始害怕。害怕到面對漆黑走廊只能站著不動的程度。

（會……會不會有哪裡冒出慘白的臉孔啊……）

剛才在電視看見的靈異影像在腦中重播，艾莉莎連一步都不敢踏出房間。

不過，事到如今艾莉莎不可能丟臉跑去哀求家人。百般苦惱之後，艾莉莎為了中和恐懼，明知這個時間有違常理還是打電話給政近。念書備考之類的說詞，只不過是當場想到的藉口。

某處的某人害羞心想這是「心心相印」，其實完全不是這種原因。世間終究是這麼回事。

「沒事的……嗯，好！」

艾莉莎鼓舞自己，把直到剛才和政近通話的手機當成護身符般抱在懷裡，躡手躡腳跑向陰暗的走廊。

避免看向周圍的黑暗，筆直只看著前方快步穿過走廊來到客廳，在流理台仰頭灌下一杯水，再度迅速回到自己房間。

「呼～～……」

回到明亮的房內，艾莉莎安心吐出長長的一口氣。

恐懼逐漸淡化之後，湧上心頭的是不滿的心情。若問是對什麼事情不滿，她對於政近沒主動告知生日感到不滿。

「什麼嘛……如果有跟我說，我好歹會祝賀他一下。」

如果政近在場，他應該會回答「不，要是主動告知生日，不就像是在催促『祝賀我吧，給我禮物吧』這樣嗎……」不過這也沒辦法。因為這無疑是文化上的差異。

在日本普遍是由朋友或家人慶生，不過艾莉莎出生的俄羅斯不一樣。在俄羅斯，迎接生日的壽星一般來說會主辦慶生會，邀請親朋好友前來祝賀。真的是以「今天是我的生日！盡情吃喝，慶祝我的生日吧！」這種感覺來舉辦。

換句話說，艾莉莎內心成立了「沒告知生日」＝「沒受邀參加慶生會」＝「只當成這種程度的對象」這樣的公式。

「明明說過是朋友……」

若要這麼說，艾莉莎自己在去年生日也沒邀請政近。不過這是兩回事。不，老實說並不是沒有想邀請他的心情……但是只邀請政近的話明顯會被家人說風涼話，就算這麼說也沒有其他可以邀請的朋友，所以作罷。

……並沒有哭。並沒有和瑪利亞的熱鬧慶生會做比較而感到難過。絕對沒有。瑪利亞的生日和平安夜同一天，所以在所難免。並沒有安慰自己說彼此氣氛的差距來自這個原因！絕對沒有！

「……哼。不理你了。」

艾莉莎不滿般輕聲說完，像是宣洩煩躁心情般撲到床上，用力將枕頭抱在胸前，把嘴角埋進去。然後她輕輕放鬆力氣，噘嘴低語：

「……久世同學是笨蛋。」

Иногда Аля внезапно кокетничает по-русски

第4話 這……這就是文化的差異嗎……

「結束啦～～！」

克服長達一週的期末考，政近基於成就感伸了一個大懶腰。

環視教室，明明還有班會要開，但教室各處都看得見沉浸在解放感或是討論放學後續行程的學生。

說到政近，他今天打算一口氣消化考試期間預錄累積的動畫，沒有特別和朋友出遊的行程。雖然沒有……但他非常在意一件事。那就是……

「艾莉也辛苦了。」

「嗯，辛苦了。」

……他隱約覺得，真的只是隱約覺得艾莉莎的態度有點冷淡，應該說不太理人。

雖然從星期一就一直覺得怪怪的，不過考試期間為了專心應考，也因為單純可能只是自己多心，所以政近扔著沒處理。然而如果沒解決這股突兀感就這麼開始放假，心情會非常不好受。

「那個……艾莉放學之後有什麼行程嗎？」
「不，沒什麼特別的行程。」
「這樣啊。那麼，放學途中要不要一起走？我也想說一些結業典禮相關的事。」
「……好啊。」
「ＯＫ，那麼晚點見。」
「嗯。」
這段對話本身很普通。艾莉莎的態度看起來也和平常沒什麼兩樣。不過確實存在著一種突兀感。那就是……
（她沒用俄語遮羞……我不知道原因就是了。）
是的。艾莉莎這五天完全沒說半句俄語。不，這件事本身對於政近來說是好事。突然傳入耳中的遮羞俄語對於政近來說很傷心臟，而且當事人艾莉莎說完之後大多會偷窺反應，政近的顏面表情肌得以充分鍛鍊。所以現在這樣真要說的話是好事……但還是令他在意。而且一旦在意，就覺得艾莉莎的態度著實變得冷淡。
（唔唔～～……哎，如果是我多心就好了……）
下週六有結業典禮的致詞在等著兩人，這是選戰過程中的重要活動。擾亂搭檔默契的因素，政近想趁現在趕快去除。此外就是……

（我做了什麼惹她討厭的事嗎？）

即使心裡沒底也還是很在意，政近有著這種細膩的男人心。

◇

開完班會，政近與艾莉莎依照約定一起離開教室。兩人並肩走在一起，就感覺到比以前吸引更多人的注目。艾莉莎原本就因為各方面美麗脫俗的容貌而難免吸引眾人視線，但如今視線也集中在政近這邊。看來經過上週的討論會，許多學生認知到這兩人的組合是參選正副會長的搭檔。

「……所以？是要討論結業典禮致詞的事嗎？」

「嗯，是沒錯啦……」

艾莉莎一如往常，把眾人投向她的視線當作不存在，若無其事地搭話。對此，政近稍微猶豫之後率直發問：

「在這之前……我說艾莉，發生了什麼事？」

「什麼意思？」

「沒有啦，我一直很在意……從星期一開始，妳的態度好像就和平常不一樣？」

聽到政近這麼問，艾莉莎頓時停下腳步，然後露出倍感意外般的表情，目不轉睛看向政近。

「看妳這個反應……果然發生了什麼事嗎？」

「……」

政近帶著苦笑說完，艾莉莎猛然重新面向前方，再度踏出腳步。然後她裝出不知情的表情回應。

「……是你多心吧。」

「不，妳這樣搪塞挺牽強的吧？」

「……」

艾莉莎堅持現在這種態度，政近刻意將視線維持在前方，不看艾莉莎直接搭話。

「我有做錯什麼嗎？有的話希望妳告訴我。」

「……我不想說。」

「唔～～這樣啊……」

「呼……我會盡量不顯露在臉上，到了下週就會回復原狀……這樣不行嗎？」

艾莉莎輕輕嘆氣，然後揚起視線瞥過來這麼說。像是孩童般有點不安的表情，可愛得令人忍不住想說「不，完全不會不行哦～～？」摸摸她的頭，但政近屏除雜念，露出正經表情歪過腦袋。

「唔～～雖然妳這麼說……但妳已經五天都是這個樣子了吧？如果妳真的可以回復原狀就算了，可是……」

「……這麼容易看出來嗎？」

「算是吧……」

「這樣啊……我自以為沒表露出來就是了。」

總之，她幾乎沒有表露出來。只不過，她連俄語都不說了。當事人好像沒察覺就是了。

「哎，實際上妳幾乎沒表露在態度上，妳這份認知是對的。但是我察覺了。」

「是……是喔～～？」

政近聳肩說完，艾莉莎稍微揚起眉角，玩起頭髮。

「換句話說，你就是這麼在意我？明明是考試期間？」

艾莉莎說得有點挑釁，政近一臉正經回應。

「當然在意吧？因為妳是重要的搭檔。」

「是……是喔～～」

因為妳是重要的搭檔。因為妳是重要的搭檔。因為妳是重要的搭檔……政近這句話在艾莉莎腦中反覆播放。艾莉莎玩弄頭髮的動作加速。加速到髮梢可能會就這麼變捲的程度。

不過，艾莉的手指突然停止動作，表情不悅地變得嚴厲。

「既然這樣，為什麼……」

「嗯？」

「……」

政近歪過腦袋，艾莉莎默默將頭撇到另一側。面對她明顯在鬧彆扭的這份態度，政近一邊思考該怎麼做一邊換鞋。然後兩人並肩朝正門踏出腳步……經過一段時間之後，艾莉莎終於輕聲開口：

「……生日。」

「咦？」

「生日派對，為什麼沒找我去？」

艾莉莎就這麼看著另一側不滿發問。不過……政近搞不懂是怎麼回事。

「生日派對？妳在說什麼？」

「居然問我在說什麼……」

大概是以為政近在裝傻，艾莉莎猛然轉過來不悅蹙眉。但她即使露出這種表情，不知道的事情就是不知道。

「咦？生日派對？我的？」

「……沒錯。」

「……不對，我沒辦過這種東西……這是哪裡的情報？」

「沒辦過？怎麼可能……」

「沒……沒有啦，我真的沒辦啦！說起來又不是小學生，不會這麼積極舉辦生日派對吧？」

「咦……？」

此時，艾莉莎似乎終於自覺某些認知不太一樣，就這麼皺眉歪過腦袋。同時政近也猜到端倪了。

「咦，啊，啊啊～～啊～～……難道說，在俄羅斯普遍都會在生日舉辦派對？」

「是……是的……在日本不一樣嗎？」

「哎，在日本真的只有小學生會舉辦……不對，這所學校不少人會辦。畢竟好像真的有人會舉辦家庭派對……總之先不提這個，至少我在小學之後就沒辦過啊？」

「這樣……嗎……」

「應該說，這種事我至今也沒機會察覺…………對不起。」

「為什麼要道歉？」

「沒有啦，嗯，是吧？」

說起來，根本沒有朋友會邀我參加派對……政近終究不敢這麼說而含糊帶過。但他立刻咧嘴露出笑容，以別有用意的眼神看向艾莉莎。

「話說回來，原來如此嗎～～？」

「……什麼事？」

「沒事啊～～？我只是在想，原來妳這～～麼想為我慶生啊～～？」

「！」

艾莉莎露出有苦難言般的表情，再度迅速別過臉。然而她慢了半拍，政近清楚看見她白皙的臉頰迅速變紅。

「……在俄羅斯，沒告知自己的生日，代表『今年再也不跟你好了』的意思。」

「是哦～～？」

「什麼事？」

「沒事啊？總之我就當作是這麼一回事嘍～～？」

「真令人火大……！」

艾莉莎真心露出不耐煩的表情，政近決定捉弄到這裡就好，改為討她歡心。

「那麼，總之……就請妳為我慶祝吧？已經過了三個月就是了……」

「咦？」

「今年我也想跟妳好。下週一上午要上課，午餐要不要找間餐廳一起吃？順便可以當場討論結業典禮之類的事……還是說，在俄羅斯有著禁止補慶生的風俗習慣？」

聽到政近這麼問，艾莉莎稍微歪過腦袋，然後搖了搖頭。

「不……雖然提早慶生不太好，不過事後補慶的話還可以……」

「好，就這麼決定了。那麼，在下週……嗯，我會舉辦一場遲來的生日派對，希望妳務必賞光。」

「這是怎樣？」

政近露出正經八百到不必要的表情隆重邀請，艾莉莎稍微露出苦笑。從這張表情來看，她似乎稍微回復心情了，政近鬆了口氣。不過看見政近這張安心的表情，艾莉莎再度皺眉。

大概是察覺政近恣意捉弄她到最後，改為像是在哄騙孩子般討她歡心吧。艾莉莎斜眼瞪向政近，板起臉露出不滿般的表情。

此時，兩人分頭走的路口將近，政近看向艾莉莎。

「那麼，就在這裡道別……下週一再見……？」

這一瞬間，艾莉莎迅速掃視周圍，政近略感納悶。

（在找什麼嗎……？）

政近頭上冒出問號，跟著想環視周圍時——艾莉莎重新面向他咧嘴一笑，見狀的政近危機感瞬間飆高。

（慘了，她要，出招了——？）

政近反射性地後退一步，艾莉莎卻以更快的速度拉近距離。瞬間接近到可以感受彼此呼吸的距離之後，艾莉莎將手搭在政近僵硬的肩膀，將臉頰貼向政近的臉頰，然後在政近耳際低語。

【我很期待♡】

話剛說完，艾莉莎就立刻離開政近，像是狠瞪般看著政近開口：

「好啦，就此和好吧。那麼再見。」

「喔，嗯……」

艾莉莎迅速只說完這段話，一個轉身快步跑離現場。政近愕然目送她的背影。然後政近以半自動般的僵硬動作朝著反方向踏出腳步……在轉角處撐著圍牆跪倒。

（嘿，嘿嘿，相隔四天的俄語……效力好強啊。）

政近按著胸口，心想「現在我有自信真的吐一口血出來」露出僵硬的笑容。

（話說，總覺得門檻被拉得有夠高的……）

聽到她那麼說，政近實在無法隨便找間附近的家庭餐廳草草了事。看來必須挑選相當時尚的餐廳好好慶祝。

（這週末得調查氣氛不錯的餐廳才行……）

對於不熟悉這種事的自己來說，這個任務挺困難的。政近露出苦笑。

不過，政近順利得知艾莉莎態度冷漠的原因了。能夠明白這一點是好事。然而政近更明白了另一件事……

（實際在耳際聽到的氣聲呢喃……真是要人命。）

這是他的親身體驗。

◇

隔週的星期一。考試期間結束後的這五天，基本上用來發還考卷以及進行三方面談。上午是發還考卷以及說明各科目的暑假作業，穿插正常上課，下午之後是在各自的教室進行三方面談。三方面談按照座號順序，所以艾莉莎與政近預定在明天進行。

「所以，考得如何？」

「唔唔～～總之，每一科都超過平均分數哦？」

從學校回家的路上，政近歪著腦袋回答艾莉莎的問題。在今天這個時機點，姑且已經發下記載各科個人分數與平均分數的成績單。

發還考卷的時候會因為計分失誤等原因導致分數變動，所以名次之類的要到週六才正式確定，不過三方面談使用的暫定成績單會預先發給學生。

順帶一提，征嶺學園隔週的週六要上半天課，這個學期會在這週六上午公布成績並且舉行結業典禮。

「總之，雖然不知道名次有沒有達到目標……不過肯定比上次好很多。」

「這樣啊，你很努力耶。」

「我很棒吧？」

「很棒很棒。」

「……妳愈來愈懂得駕馭我了。」

聽到艾莉莎以不帶情感的語氣帶過，政近賞她一個白眼。不過艾莉莎對此也面不改色當作沒看見。

「嗚嗚，艾莉好冷淡……」

「如果你是想模仿瑪夏，說真的別這樣，會很噁心。」

「是。」

艾莉莎以完全沒在笑的眼神說完，政近也終究擺出嚴肅表情，然後游移視線露骨改變話題。

「啊啊～～話說回來，大白天走在戶外果然好熱。而且今天太陽也很大……」

嘴裡這麼說的政近拉起制服衣領往裡面搧風，板著臉低頭看向自己的服裝。

「最重要的是這套制服好熱……為什麼在這個時代，夏季制服還正常設定為長袖啊？」

「啊，這果然不正常啊……」

「一點都不正常啊？別校的夏季制服大多是短袖，現在這個時代連上班族都穿短袖耶？」

和冬季制服比起來，布料姑且變得比較薄，但在設定為長袖的時間點就難免會蓄熱。那麼說到為什麼在這個時代還堅持採用長袖制服……和書包一樣，原因果然在於這也是「傳統」。

征嶺學園的制服相當有名，光是穿上這套制服，在街上就會有人心想「喔，是征嶺學園的學生」行注目禮。說穿了，制服本身就是知名品牌，對於征嶺學園的學生來說，穿上這套制服是一種驕傲。

同時也會激發「隨時都會受人注目」的意識，提醒自己表現出征嶺學園學生應有的舉止態度……似乎是這麼回事。不過從政近的角度來說……

「別小看地球暖化好嗎……我覺得如果能脫掉這身制服就輕鬆多了。」

「不過，會長不是說過要修改這項規定嗎？」

「因為這是他當選時的承諾之一啊～～……不過好像遭遇不少困難。就算要實現也要等下個學年吧？」

現在，和政近抱持相同想法的統也似乎正在推動制服的改革，不過好像相當窒礙難行。在學生之中，「這套制服很帥！會熱？服裝打扮就是要忍耐才有價值！」的支持者達到固定比例，以歷屆會長與副會長所組成交流團體為首的校友會也相當堅決反對。

不過關於這方面，政近心想「不對，應該是基於『我們都忍過來了，所以你們也要忍下去』的心態惡整學弟妹吧……？」有所質疑。

「總之，我們這些沒有車輛接送的中流階級學生，希望會長務必努力改革……」

「不是單純只想欣賞穿得清涼的女生嗎？」

「意思是穿得清涼反而會讓視線變得火熱？妳很內行嘛……！」

「……」

「不，我真的沒這麼想哦？總之基於阿宅的角度，制服換季是相當重要的事件，但我一直都念這所學校，所以在這方面遲遲沒什麼共鳴……」

政近的辯解相當脫線，艾莉莎冷眼看著他，卻突然露出挑釁的笑容，輕撥頭髮向政近使眼神。

「哎呀，不想看我穿短袖嗎？」

「如果問我想不想看，我不得不說我有興趣。」

「哼哼，是嗎？」

說得更老實點，身為青春期男生，政近對於傳說中會發生在短袖制服的「透光內衣」很有興趣。

（不過依照印象，應該是發生在前面座位的女生身上……就算光瑠的背部透光，我也一點都不會開心。）

「你在胡思亂想嗎？」

「沒有啊？我只是在想……會長如果穿短袖，感覺看起來會很熱。」

「這……哎，應該吧？」

從得意洋洋的表情頓時轉為白眼的艾莉莎，聽到政近若無其事這麼說完之後游移視線，不禁點頭同意。對於統也來說完全是躺著也中槍。

「還有，總覺得更科學姊也會變得很驚人……比方說上臂或肩膀。那個人雖然平常不起眼，不過好像是運動健將的體型。」
「啊啊，也對。」
艾莉莎再度點頭，從頭到腳打量政近的身體，露出有點瞧不起的笑容。
「相較之下，感覺你的體格看起來不上不下。」
「咦，為什麼突然消遣我？別看我這樣，我肌肉還算強壯啊？」
「是嗎？」
「別小看室內派好嗎？就讓妳見識我精壯的性感身材吧。」
政近說到這裡，不經意自行想像。躺在沙灘上敞開短袖襯衫，展現胸肌與腹肌的自己……他想像之後忍不住摀住嘴。
「嗯？怎麼了？」
「沒事……我自己想像之後發現超噁心的。無論是精壯還是性感，到頭來終究是『不過只限於帥哥』嗎……」
政近打消腦中奇怪的自戀形象，感慨回應。艾莉莎隨即稍微將視線朝上……不知道在想像什麼，一邊玩弄頭髮一邊說。
【並不噁心就是了。】
「妳說什麼？」

「我說『別害我想像奇怪的東西』。」
「啊，是喔……這部分用不著老實說出來啊？」
「是你自己問的吧？」
艾莉莎哼聲輕撥頭髮。政近給她一個白眼，稍微看向遠方。
（我在艾莉眼中到底是什麼樣子呢～～？）
【畢竟說起來還挺……挺帥的。】
（呼咕！說……說真的，我在她眼中是什麼樣子呢……？）
內心深處一陣酥癢，政近拚命阻止嘴角抽動。不過或許該說運氣好吧，剛好在這時候即將抵達目的地，所以政近將注意力切換過去。
兩人來到車站附近主打年輕族群的大型服裝店。說到為什麼在用餐之前來到服裝店，答案很簡單，是為了換衣服。政近認為就這麼穿制服也沒關係，但艾莉莎說「大白天穿制服去用餐終究不太好吧？」面有難色，所以決定用餐之前先換裝。雖然這麼說，卻也不是在這裡買衣服換。
政近最初聽到的時候也佩服心想「這點子真不錯」……這間店特別只對征嶺學園的學生免費開放更衣室。
即使是征嶺學園的學生，既然是花樣年華的少年少女，放學之後也會和朋友們繞路四處遊玩。不過校規禁止學生穿著制服閒晃，如果只是家庭餐廳還好，終究不能穿著制服去唱ＫＴＶ或打電玩。

加上制服本來就很有名，一個不小心可能會有附近居民通報校方，這麼一來難免接受處分。

既然這樣，就只能找地方把制服換成便服，不過征嶺學園的學生大多家境富裕，也有學生不願意在公共廁所等地方換衣服。這間店向這樣的學生開放更衣室。

對於主打年輕人族群的服裝店來說，花錢大方的富家學生是求之不得的客人。只要稍微出借更衣室，征嶺學園的學生就會主動聚集過來，那麼借更衣室這種小事想必是儘管要求都沒問題吧。

（就算這樣，我還是覺得這麼做有點過火了……）

看著店內深處粗估二十多間的整排更衣室，政近露出苦笑。到底是預料有多麼大群的客人會來啊？不，應該是不惜這麼做也不想放掉征嶺學園的學生吧。

「那我在這間換衣服。」

「啊啊，好。」

政近對於店長積極的做生意手腕感到佩服，進入離艾莉莎有點遠的更衣室，立刻脫掉制服。

「啊啊～～剛才好熱。」

沉浸在解放感的政近迅速以毛巾擦汗，從原本會放運動服等物品的備用包包拿出便服換上。然後將制服收進包包，和書包一起放進大尺寸的環保袋。這樣就變身完畢了。

「啊～～好涼～～」

感受著短袖與冷氣的恩惠等待一陣子之後，艾莉莎終於也走出更衣室。

「久等了。」

「喔，嗯……」

走出來的艾莉莎穿的服裝是……之前某次外出購物時試穿的那套純白連身裙。她在此時此地換上這套衣服，究竟是基於什麼意圖？但是無論如何，自稱紳士的政近在這時候必須稱讚淑女的服裝。

「這套衣服果然很適合妳。」

「呵呵，是嗎？謝謝。」

聽到政近的稱讚，艾莉莎滿意般輕撥頭髮。連鞋子都特地配合衣服換成水藍色涼鞋，這部分看得出她莫名用心……應該說打扮得很漂亮，不知道是否真的只是多心。

「那麼，走吧？」

「嗯，好的。」

政近與艾莉莎向店員行禮道謝，走到店外。

（該怎麼說……現在這樣，約會的感覺終究很強烈吧？）

仔細想想，這是第一次和穿便服的艾莉莎走在一起，而且是走在大白天的街上。

（好誇張，路人真的會回頭看。）

擦身而過的人們，不問男女都像是失了魂般凝視艾莉莎，這樣的光景相當驚人。有希也會被擦身而過的人頻頻打量，卻很少有人這麼明顯回頭看。

（哎，既然容貌這麼搶眼也是當然的。）

夏日陽光照得閃閃發亮的銀色秀髮，耀眼得令人以為每根汗毛都蘊含光芒的雪白肌膚。光是這樣就十分引人注目，加上長相與身材都首屈一指，無法移開視線也是在所難免。

「……什麼事？」

「沒事……總覺得妳非常受到注目。」

「在意也沒用。這是美女的宿命。」

艾莉莎若無其事這麼說，但這單純是事實，政近也無法多做回應。環視周圍，集中過來的視線正是這個事實的鐵證。

「今天有我在所以還好……只有妳一個人的話，不就會被瘋狂搭訕嗎？」

「是啊，假日經常有人過來搭話。」
「啊，果然嗎？這時候妳怎麼做？」
「只要一直說俄語，直到對方放棄就好。」
「……原來如此。」
從政近的角度來看，艾莉莎的長相和道地的俄羅斯人不太一樣。各處都有像是日本人的要素，即使如此，聽她以這副容貌說出母國的俄語，一般人確實會退縮吧。
（不，可是太好了……我還以為她是以謾罵與暴力擊退。）
「你正在想什麼失禮的事情吧？」
「不，完全沒有啊？只是覺得妳沒被惡質的泡妞手法騙走真是太好了。」
政近面不改色這麼說完，艾莉莎揚起單邊眉角露出挑釁的笑。
「哎呀，獨占慾？簡直把自己當男友耶。」
「真抱歉啊。至少在約會的時候會忍不住想把自己當男友喔。」
「啊，是喔……約會……也對……」
不過被政近隨口這麼回嘴，艾莉莎表情立刻變得正經。首先眨了眨眼睛，然後害羞般縮起肩膀，像是不自在般玩起頭髮。接著她瞥向政近輕聲說：
【……第一次。】

（嗯，說得也是～～這是第一次和我約會對吧～～？）

突然挨了附帶次數限制的超攻擊！面對女生一輩子只能使用數次的究極攻擊招式《第一次》，政近以必殺技《稱心如意的解釋》減輕威力接下！

說明一下吧！如果必殺技《重聽》是從「咦？妳說什麼？」這句話使出的究極拆招手法，那麼必殺技《稱心如意的解釋》就是從「啊啊，是這麼一回事吧」這句話使出的究極防禦手法！

（HAHAHA，這～～種水準的美少女今天才第一次約會，天底下怎麼可能會有這種事？）

為了讓精神維持平穩，政近拚命對自己這麼說。如此完美之美少女的「第一次約會」會造成非比尋常的壓力，政近沒有勇氣背起這個重擔。想罵「沒種」就罵吧。

（話說，我說「約會」並不是當真這麼說啊？該說是語意的問題嗎……不會吧，艾莉莎應該也沒當真吧？）

政近戰戰兢兢觀察艾莉莎，不過在兩人視線相對的瞬間，艾莉莎朝反方向轉頭，就這麼將視線朝向另一邊，以細如蚊鳴的聲音說：

【那……那麼……要牽手看看嗎……？】

面對臉頰稍微泛紅，心神不寧瞥向這裡的艾莉莎，政近看向遠方。

（啊，唔～～…………她完全是當真的……）

真是的，該怎麼說，好癢。是一種背脊發癢，忍不住想要顫抖的感覺。

不過，幸好前方已經看得見目標餐廳，政近使用必殺技《保留》切換意識。也就是所謂的「這件事暫且放在一旁」。一旦放下的東西當然不會再拿起來。不可以說出「這不是保留，是棄置吧」這種話吐槽。

「啊，看見了，就是那間店。」

「……在櫥窗展示肉品的那間店？」

「沒錯沒錯。」

兩人來到的是和車站有一段距離，專賣熟成肉料理的餐廳。

晚餐基本上是五千圓起跳的套餐，對於學生來說難以負荷，是相當高貴的一間店（不過在征嶺學園也有部分學生不會對這種金額皺眉），其實限定在午餐時段可以用一千多圓品嚐到各種熟成肉。

這是約會初學者政近在上週末運用網路與自己的雙腳調查，用盡渾身解數做出的選擇。

（這間如何！是不是挺好的？艾莉肯定也不討厭吃肉，挑這間餐廳的品味還算不錯吧！我可沒有逃避隨便選一間拉麵、咖哩或是燒肉之類的店！我真是了不起！）

政近在店門口暗自振臂握拳，瞥向艾莉莎觀察她的反應。但是政近並不知道……艾莉莎也是約會初學者。是的，正因為艾莉莎也是初學者……所以會老實這麼說。

「啊啊，這間店很好吃喔。我之前和家人來過。」

艾莉莎毫無惡意的話語襲擊政近！內心的政近就這麼維持振臂握拳的姿勢石化！

（啊，嗯……不，總之，光是沒說「上次來過但是差強人意」就算好吧……）

即使就這麼石化到劈啪出現裂痕，政近也勉強安撫自己重新振作。然而一把新月戰斧（俄羅斯的一種大型武器）在這時候不帶任何惡意揮下。

「記得鹿肉很好吃喔。」

「石化」×「重型武器」＝「粉碎」。政近的心在這個時間點徹底破碎。「我的品味還算不錯吧！」的驕傲心情已經連碎片都不剩，反倒是充滿無地自容的心情。原因在於……

「……抱歉，午餐菜單沒有鹿肉……」

「啊……這樣啊。」

看到政近難掩意氣消沉的模樣，艾莉莎終究也察覺自己失言，連忙緩頰。

「不過，其他的肉也很好吃，所以我很高興。好啦，我們進去吧？」

「……也對。」

心想「咦？為什麼是她帶我進來？」的政近進入店內。由服務生帶領就座，點了午餐與飲料之後，政近像是要切換心情般，立刻提出結業典禮的話題。

「那個……那麼，關於結業典禮的事……」

「啊，嗯。」

「總之前一天準備的時候，會長他們應該會說明細節，但我大致說明一下吧？按照往年慣例，是由會長擔任司儀，逐一唸出幹部的名字，我們再依序上台致詞。順序是……」

政近舉起右手，在說話的同時逐一收起手指。

「會長參選人、搭檔的副會長參選人，然後是另一名會長參選人、搭檔的副會長參選人……大概是這種感覺，和職位無關，參選的組合會一起被點名。會長參選人首先說出參選會長的理念，接著由他的搭檔說明自己為什麼要推舉他擔任會長。」

「這樣啊……」

「然後，接下來是重點……其實這個活動雖然沒投票，卻有類似的程序。」

「咦？」

艾莉莎驚訝睜大雙眼，政近以正經表情告知。

「各組致詞完畢之後，觀眾只會對自己想支持的組別鼓掌。雖然沒有規定只能對一組鼓掌，不過說穿了是一種無形的投票。」

「意思是……那個……」

此時艾莉莎嚥下一口口水，戰戰兢兢詢問。

「完全沒獲得掌聲，體育館鴉雀無聲這種事……會發生嗎？」

「會啊？實際上，據說過去也有參選組合成為這種狀態之後，從第二學期就再也沒來學生會。」

「唔哇……」

如此悲慘的往事使得艾莉莎板起臉。相對的，政近也像是可以理解她的心情般點點頭，搔了搔腦袋。

「有這種像是預先去蕪存菁的活動，是學生會幹部的不利要素對吧……像是今年有候選人呼聲超高的這種狀況，故意不當學生會幹部直接打選戰也是一個方法……不過現在說這個也太遲了。」

大概是自己說到一半也察覺再說也沒用，政近搖頭回到原本的話題。

「剛才離題了。所以總之，我們唯獨必須避免有希與綾乃受到鼓掌喝采，輪到我們卻是一片死寂的結果。」

「說得也是……要是掌聲數量差太多，感覺會影響今後的戰鬥。」

「就是這樣對吧～～人類很有趣，即使是自己覺得『不錯！』的對象，要是周圍不支持，自己也無法率直支持對吧～～不過反過來說也通用就是了。」

「啊啊……我好像聽說過。周圍的人們說『喜歡』的事物，自己也會明顯傾向於跟著喜歡……記得是這麼說的。」

「對對對，就是那樣。」

政近點頭回應艾莉莎的話語，露出稍微嚴肅的表情。

「老實說……我不認為現在的我們可以獲得和有希同等的掌聲。就算這麼說，完全沒得到掌聲就麻煩了。因為要是在這時候營造出完全不被支援的氣氛，之後要挽回就非常吃力了。」

「果然……很困難嗎？」

「很困難。基本盤的穩固程度截然不同。所以，雖然這麼說也不太對……不過我們的目標是避免差距拉大。不用試著求勝。只要別輸到誰都看得出來就夠了。」

「這麼消極啊？」

艾莉莎有點不滿般皺眉，政近以沉穩的態度聳肩。

「這是冷靜審視現階段敵我戰力差距做出的判斷。第一學期的結業典禮還只是選戰的初期。只要別出現決定性的差距，接下來不愁沒有翻盤的方法。」

「……說得也是，我知道了。」

聽完政近冷靜又展望未來的發言，艾莉莎也收起不滿般的表情點頭。然後她像是忽然察覺般看向斜上方歪過腦袋。

「話說回來，有希同學與我，誰會先致詞呢？」

「啊啊，這部分必須討論。我們在國中部那時候是猜拳決定的。」

「是喔，這部分也和職位無關啊。」

對於艾莉莎這句話，政近輕輕將右手心朝上，聳了聳肩。

「因為會長與副會長以外的職位沒有階級關係。並不會因為是書記就了不起，是總務就不怎麼樣。何況要是這麼說的話，以前根本沒有公關這個職位。」

「呃？是嗎？」

「咦？我沒說過嗎？」

政近露出感到意外般的表情眨了眨眼，指向自己的臉。

「公關這個職位，實際上是我設立的啊？」

「咦？」

「坦白說，這是國中部時代為了幫有希爭取人氣而設立的職位……妳想想，那傢伙隔週會借用中午的校內廣播進行學生會的活動報告，這妳知道吧？」

「呃，嗯……她確實有這麼做。」
「那個做法，姑且是我想出來的。」
「原來是這樣嗎？」
政近說的「活動報告」是兩週一次，由有希在午休時間進行，類似廣播節目。聊的內容是學生會這兩週進行的活動，或是投書箱（通稱意見箱）收到的學生意見。
而且學生們對這個節目的評價很好。不只因為有希的口才非常優秀，平常維持完美大小姐態度的有希，只在這個廣播節目偶爾改為親切口吻，也是受到歡迎的祕密。
坦白說，比起廣播社平常進行的中午廣播更受注目，連廣播社對此也不禁苦笑。
「有希原本和我一樣是總務。然後，為了提升有希的知名度並且爭取人氣，我企劃那個廣播節目給有希做。後來那個節目固定成為例行單元，討論到『既然難得有這個機會，那就準備總務以外的專用職位吧』，把製作宣傳海報之類的其他工作也集中過去，設立了公關這個職位。」
「換句話說，有希同學當時進行的活動，以公關職位的形式被正式認可為學生會幹部的工作是吧。」
「哎，就是這種感覺。沒有啦……雖然我自己說也不太好，不過那樣很奸詐吧？明明即使是學生會長，基本上也只會在活動的時候露臉，有希卻是隔週就有機會擔任學生會的門面說話耶？她和其他會長參選人的知名度當然會拉開。」

政近帶著苦笑說到這裡，改為鄭重的表情說下去：

「總之，在這方面說三道四也沒用。回到正題……關於致詞，如我之前所說，妳喜歡怎麼說就儘管說吧。說得不夠完整的部分由我來補足。」

「知道了……麻煩你補足了。」

「嗯。還有……我想想。如果想打成平手，致詞的時候還是應該先攻。先攻會成為後續的基準，所以掌聲無論如何都會偏少。因為有這份共識，所以即使被後攻拉開差距也能找台階下。」

「唔……」

看見艾莉莎明顯露出不滿般的表情，政近苦笑了。

「別露出這種表情啦……如果不擇手段，確實還有方法可行就是了……」

「例如呢？」

「咦～～？……說真的，比方說打擊有希與綾乃的心理狀態之類？不過這種粗暴的做法不符合妳的主義吧？」

「也對……」

艾莉莎光是聽到就板起臉，政近回應「沒錯吧」聳了聳肩。

「總之，如果有搞小動作就另當別論……不過那兩個傢伙也不會做得這麼絕吧。又不是討論會。」

「……反過來說，在討論會就要這麼做嗎？」

「有必要的話。」

對於艾莉莎這個問題，政近簡短回答，而且像是詢問決心般看向艾莉莎。

「瞧不起我嗎？」

「……不。雖然對我來說應該很難，不過這種心理戰也是學生會幹部的必備技能……我沒有瞧不起你。」

「這樣啊，那就好。」

政近點頭之後揚起嘴角。

「總之，我不會用這種骯髒手段，所以放心吧？我又不是宮前。」

「嗯？什麼意思？」

「啊啊不，那個……喔，料理來了。」

剛才點的料理在這時候上桌，政近中斷話題。過去曾經有幾個人被乃乃亞洗腦的這件事……終究不能告訴艾莉莎。政近像是迴避艾莉莎的疑惑視線般拿起飲料，姑且稍微舉高乾杯。

「呃～～那麼姑且算是紀念我的生日？乾杯～～」

「……乾杯。」

兩人掛著微妙的表情讓玻璃杯彼此輕碰，喝下一口飲料，然後立刻開始用餐。

餐盤裡是煎熟的蔬菜與數種肉類各兩片，可以搭配三種鹽比較味道。

政近總之先以牛肉（忘了問品牌與部位）搭配紅色的葡萄酒鹽吃吃看。

「唔，這真好吃。」

「嗯，是啊。」

比想像的還要好吃，政近真的暫時忘記剛才的討論，盡情享受美味大比拚。

（這種鹽好好吃……哪裡買得到嗎？）

至今沒吃過的特殊鹽使得政近冒出這個想法時，艾莉莎輕聲發問：

「宮前同學的那個傳聞……是你想的？」

「嗯？」

政近一瞬間思考她在說什麼……然後立刻察覺了。他稍微板起臉聳肩。

「啊啊……那個嗎？不，那是宮前自己想到並且放出的傳聞。我也找那個傢伙談過……但沒聽她說要用那種方法。」

「這樣啊……」

乃乃亞散布的傳聞，在考試期間傳遍校內，如今關於那場討論會，主要分成「沙也加與乃乃亞這組參選人犯規落敗」以及「不，要是就這麼繼續下去，鹿死誰手還很難說」兩種意見。

「總之以結果來說，貶低谷山的傳聞已經平息……不過關於討論會的結果，也正如預料變得沒有定案。」

「……」

艾莉莎沒對政近的話語起反應，就只是靜靜將視線落在自己的餐盤，看起來像是另外在意著某件事……政近對「這件事」心裡有底。

現在在校內，對於在討論會設下暗樁的乃乃亞，出現了一些批判性的聲浪。由於是乃乃亞自己揭露這件事，加上她平常的個性，絕大多數的學生僅止於「她在搞什麼啊」稍微傻眼的程度……不過事實上也有部分學生沒給她好臉色看。

「啊啊～～話說在前面，我覺得妳不必在意宮前的事哦？這是真的。畢竟這是那傢伙自己做的事，而且那傢伙是鐵石心腸，完全不在乎被別人怎麼說。」

看到艾莉莎露出關心的態度，政近如此告知，並且稍微思考之後靜靜開口。

「……抱歉。或許有一些其他的方法可行。」

「咦……」

「因為我把一切交給宮前處理，才變成以這種形式解決。如果我問出那傢伙想怎麼做之後一起思考，或許還——」

「不，別再說了。」

艾莉莎搖頭打斷政近的話語。

「畢竟到頭來我什麼都沒做，而且什麼都做不了。這樣的我沒有權利批判這個結果。」

艾莉莎有點落寞般說完，以溫和的表情輕聲一笑。

「所以……謝謝你，久世同學。謝謝你為了我而行動。」

帶著柔弱氣息的這張微笑，使得政近覺得極度坐立不安。

「嗯……別在意啊。」

然後政近勉強只說出這句話，低頭繼續用餐。看著這樣的他，艾莉莎嘴角露出捉弄的笑容。

「哎呀，怎麼啦？不好意思嗎？」

「……少煩。」

然而政近心亂如麻，無法用心回應。聽到政近像是小學生般回嘴，艾莉莎加深臉上的笑容。

「你好可愛。」

喂，這傢伙終於開始直接說日語了。

艾莉莎掛著笑嘻嘻的表情，像是發現玩具的貓一樣瞇細雙眼。然後她慢慢以筷子夾起一片肉，沾上岩鹽遞向政近。

「好，那麼這是謝禮。啊～～」

沒想到「啊～～」居然在這裡重演。這間店和家庭餐廳不一樣，各桌之間沒有隔板，所以清楚感覺得到視線從各處集中過來。但是艾莉莎毫不在意般伸出筷子。

（這傢伙有夠得寸進尺……覺得我內心慌了，就抓準這個機會進攻……妳忘記上次因為這樣而不敢用湯匙嗎？）

「啊～～」就算了，卻因而不敢繼續用湯匙而不知所措，回想起上次經驗的政近給她一個白眼。然後政近覺得要給這個得寸進尺的搭檔一點顏色瞧瞧，下定決心咬向肉片。

艾莉莎遞過來的肉，政近連同筷子毫不猶豫含入口中，接著像是瞪視般筆直看著艾莉莎吞下肉，露出挑釁的笑。

「謝謝，很好吃喔。」

「這樣啊。」

但是艾莉莎同樣若無其事一笑……居然正常使用這雙筷子繼續用餐。

（什麼，她……沒慌張……？）

感覺她臉頰稍微變紅，卻不改原本的笑容。看著自己嘴唇碰過的筷子被送進艾莉莎嘴裡，反倒是政近慌張到超乎預料。

（唔，總……總覺得不行。雖然不知道原因，不過感覺風向明顯被她主導。）

政近好不容易看向自己的餐盤想重振精神，但是料理已經幾乎不剩，只吃少少的幾口就吃完了，抬頭一看，艾莉莎也正好吃完餐點。

「感謝招待。」

「……感謝招待。」

「那麼，送你禮物。」

「咦？」

掛著笑容的艾莉莎從包包取出一個包裝好的盒子，政近才想起來這一餐姑且算是慶生。

「來，請收下。」

「啊啊，真的假的？妳特地為我準備生日禮物嗎……謝謝。」

政近接過盒子，在艾莉莎催促之下打開，從裡面出現的是白色的陶瓷馬克杯。是帶著圓弧線條的優美設計，側面畫著青翠植物的圖樣。

「喔喔……總覺得是很有品味的馬克杯……」

「呵呵，對吧？」

包括外型設計以及舒適的手感，馬克杯洋溢難以言喻的高級感，政近率直感嘆。不是客套話，他很喜歡這個馬克杯。

「謝謝，我會好好珍惜使用它。」

「嗯，一定要哦？」

政近率直道謝，艾莉莎大方點頭。將馬克杯收回盒子的政近忽然心想。

（話說回來，日用品嗎……這種時候送的禮物，我覺得大多是消耗品才對……）

偏偏選擇餐具當成禮物……不，說不定在俄羅斯有在生日送餐具的習慣嗎……？政近懷著疑問看向艾莉莎，她稍微歪過腦袋。

「嗯？什麼事？」

「沒事……我在想，餐具這種東西，真的應該是情侶一起買成對的款式吧？」

政近帶點反擊的意思這麼問，但是艾莉莎一副不為所動的樣子露出笑容。

「哎呀……你很清楚嘛。那個當然也是買成對的喔。我的已經在家裡用了。」

「真的嗎？」

「……如果我這麼說，你會怎麼做？」

艾莉莎露出笑嘻嘻的表情反問。政近內心完全亂了方寸，別過頭再也說不出話。總覺得今天完全贏不了她。

「話說回來，久世同學。」

「……什麼事？」

悄悄將視線朝向艾莉莎一看，她掛著笑嘻嘻的表情說。

「在俄羅斯，生日派對的主角是主辦人……我可以期待這裡由你買單嗎？」

「那……那當然吧？」

政近原本就打算這麼做，卻因為慌張導致回應變得怪怪的。

（不，沒問題……即使加上飲料，肯定也是每人兩千五百圓左右……嗯，完全沒問題。）

政近迅速在腦中重新計算，重新要向艾莉莎點頭示意……不過在這之前，艾莉莎輕輕露出笑容拿起帳單。

「開玩笑的。這裡由我請客。」

「啊啊，不……真的可以由我來啊？」

「不用啦。相對的，下次有機會要請我哦？」

話還沒說完，艾莉莎就拿著包包起身，快步走向收銀檯。政近連忙收好禮物追過去的時候，艾莉莎剛好結完帳。

「謝謝光臨～～」

兩人在店員目送之下走出餐廳。已經完全順著艾莉莎的步調在走了。

（不行了～～今天再也贏不了艾莉了。）

步調完全被掌控，政近抬頭遠眺天空。此時，不知道是對政近這個態度有什麼想法，艾莉莎有點關心地搭話。

「……這麼在意帳單嗎？」

「咦？……啊啊，算是吧。」

「這樣啊……」

接著，艾莉莎轉為露出甜美的笑容。看見的人也會自然展露笑靨的迷人笑容……不過，政近的背脊竄過一股不祥的預感。

「話說既然是生日，當然需要蛋糕對吧？」

「咦？哎……是嗎？」

政近視線游移卻還是點頭同意，艾莉莎加深臉上的笑容。這張笑容使得政近腦海重現艾莉莎剛才的那句話。

『不用啦。相對的，「下次有機會」要請我哦？』

政近的不祥預感轉變為確信……成為現實。

「久世同學，這附近有一間非～～常好吃的蛋糕店。」

中計了……！政近自覺完全中了她的計，在內心咬牙切齒。不過事到如今醜陋掙扎並非紳士風範。所以政近心想至少要灑脫一點，挺胸露出美妙的笑容。

「那麼，要去那間店嗎？這次由我請客。」

「是嗎？我好期待。」

然後，兩人分別掛著源自不同情感的笑容，前往蛋糕店。

……順帶一提，艾莉莎一個人就吃掉五塊蛋糕。而且包含飲料在內，總金額輕鬆超過三千圓。

第5話 以各種意義來說好耀眼

「哎呀～沒想到所有人都到齊了……」

茅咲帶著苦笑這麼說，環視學生會室內部。學生會室的長桌，從入口看進去的正前方深處是會長統也，右側從深處依序是瑪利亞、艾莉莎、政近。左側從深處依序是茅咲、有希、綾乃。現任學生會成員就定位齊聚一堂。

若問他們來到放學後的學生會室做什麼，當然不是學生會的活動……是在依序等待進行三方面談。上午考卷發還完畢，如今正在各自等待前往教室進行三方面談。

各教室進行每人三十分鐘的面談，依照座號順序，當然有人在午休結束之後立刻開始，或是到傍晚才開始。所以許多學生在輪到自己之前，都利用社團教室或是圖書室消磨時間。不過……本屆的學生會幹部明明沒有預先說好，卻完美地全部聚集在學生會室。

「哎，仔細想想，今年的學生會，所有人姓氏的五十音順序湊巧都很近……以君嶋（Kimishima）的『Ki』開始，九条（Kujou）的『Ku』，久世（Kuse）的『Ku』，劍崎（Kensaki）的『Ke』，更科（Sarashina）的『Sa』，周防（Suou）的『Su』……沒想到所有人都集中在『Ki』到『Su』這七個音。」

「說得也是。確實是很驚人的巧合。」

統也和茅咲一樣帶著苦笑說完，有希出言附和。

「不過……綾乃昨天就面談完畢就是了。」

然後她看著坐在身旁的綾乃這麼說，茅咲隨即感到意外般眨了眨眼。

「咦。是嗎？那麼綾乃學妹今天上完半天就可以回家了吧？」

「我已經說過她可以回家了啊？不過以綾乃的個性……」

「有希大人所在的場所，就是在下應在的場所。」

綾乃極為理所當然般說完，有希稍微露出苦笑，一副「如各位所見」般聳肩。其他人也同樣稍微露出苦笑的時候，瑪利亞合起雙手開口：

「那麼機會難得，我來泡紅茶吧？」

「嗯，拜託了～～」

瑪利亞起身之後，茅咲開心地如此央求。瑪利亞朝她露出微笑，沒看向綾乃直接這麼說：

「啊，綾乃妳坐著就好哦？」

「！」

聽到這句話，原本想無聲無息起身的綾乃睜大雙眼，身體就這麼稍微離開椅面，以「妳說……什麼……？」的眼神凝視瑪利亞，坐在一旁的有希輕輕拉手要她坐下。

「綾乃，這時候就聽瑪夏學姊的話吧。」

「有希大人……是，遵命。」

看著綾乃坐回椅子之後，瑪利亞走向餐具櫃。

「久世同學？怎麼了？」

「……不，沒事。」

政近像是觀察瑪利亞的背影般定睛注視，坐在他身旁的艾莉莎略感疑惑。但是政近搖搖頭重新面向前方，然後像是忽然想到般詢問統也。

「這麼說來，會長，我昨天和艾莉稍微聊到，換成夏季制服的那件事現在怎麼樣了？大概可以在下個年度實現嗎？」

政近不經意隨口發問，統也聽完的反應卻超乎預料。他咧嘴露出神氣的笑容，一副「你這問題問得很好」的表情開口。

「喔，關於這件事……說個祕密，快的話暑假過後應該就能採用新的制服。」

「咦！真的嗎？」

「是啊，原本預定在結業典禮公布，給大家一個驚喜……總之幾乎是拍板定案的狀態了。」

「哇，這樣真棒。我也喜歡這套制服，但在這個季節無論如何還是太熱了。」

聽到統也這段話，有希也開心合起雙手。學妹的反應引得統也愉快一笑，然後有點抱歉般垂下眉角。

「不過呢，還有一些手忙腳亂的部分……或許得請各位在暑假期間也幫點忙。」

「別這麼說，這種程度的話沒問題的。重點部分由會長主導進行了，接下來我們也會盡量協助。」

「謝謝……總之，這個企畫之所以通過，茅咲提供很大的助力哦？」

統也說完，所有人朝著茅咲行注目禮。不過茅咲掛著苦笑看向統也。

「沒那回事。這是統也耐心交涉的結果。」

「這也是多虧茅咲推了我一把。我由衷覺得，妳是我的搭檔真是太好了。」

「統也……」

「茅咲……」

「這些人為什麼很自然就打造出兩人世界啊？」

政近稍微冷眼旁觀這對深情相視的情侶，然後朝著有希一副「真是傷腦筋」的樣子聳肩……但有希不知道想到什麼，她緩緩面向綾乃，開始以火熱的視線注視綾乃。

「綾乃……」

「有希……大人……」

「咦，這個風潮是怎樣？」

突然以百合朵朵開的氣氛打造出兩人世界，政近眨了眨眼睛。不過被有希頻頻使眼神，他不經意決定照做。

政近搔了搔腦袋，吐出長長的一口氣整理心情，然後披著自己現在能力所及最甜蜜的氣氛，轉身面向艾莉莎。

「艾莉……」

「為什麼啦，我可不會這麼做喔。」

「好冷漠！」

朝艾莉莎露出誘惑表情的瞬間就被斷然唾棄，政近「咕啊！」哀號崩潰。接著有希露出有點挑釁的笑容看向艾莉莎。

「哎呀哎呀，看來那對搭檔的情誼差強人意耶。」

「唔！」

「打選戰的時候，搭檔的默契是第一要素……這副模樣真的贏得了我們嗎？綾乃妳說對吧？」

有希說完露出一種妖豔的笑容，指尖滑過綾乃臉頰。大概是覺得酥癢，綾乃閉上單眼稍微顫抖。百合花在兩人背後恣意綻放，政近也不由得有點期待。

「久世同學……」

「不對，妳這傢伙的太容易被煽風點火了吧？」

艾莉莎以絲毫沒有甜蜜氣氛，如同在挑戰的眼神看過來，政近露出傻眼表情。但是艾莉莎就這麼沒移開視線，兩人不經意變成相互凝視的狀態。

像這樣在明亮的地方近距離看著艾莉莎的臉蛋……政近重新感嘆她的造型好美。

（像這樣看就覺得……她真的不是普通人。不覺得和我們是相同的種族……慢著她睫毛好長！眼睛真的像是能把人吸進去……皮膚也超漂亮的，無瑕透亮的肌膚就是這麼回事吧。話說毛孔在哪裡啊？她這樣真的完全沒化妝嗎？……嗯？總覺得肌膚泛紅……等等，總覺得是不是靠得很近？）

稍微麻痺的大腦隱約認知到突兀感的瞬間，瑪利亞的聲音迅速將他拉回現實。

「好～～久等了～～……慢著，這是什麼？大眼瞪小眼比賽嗎？」

瑪利亞說出脫線的感想歪過腦袋，聽到她聲音的艾莉莎像是彈起來般轉身看她，同時政近也眨了眨眼睛，一樣轉身看向瑪利亞。接著，瑪利亞像是瞬間被政近的視線嚇到般僵住笑容，隨即若無其事般開始將紅茶分給所有人。

「茶點上次用光了，所以今天只有紅茶哦～～」

「咦，是嗎？」

「嗯。因為快暑假了，所以上次用光了～～」

「啊啊，對喔……畢竟暑假期間不能一直放著。不過瑪夏的紅茶很好喝，所以光是這樣就夠了。」

「呵呵，謝謝～～」

瑪利亞被茅咲的話語引得加深笑容，同時也在艾莉莎與政近面前擺上紅茶。

「來，請用。」

「謝謝。」

「謝……謝謝。」

不過，瑪利亞這時候也作勢稍微避開政近的視線。看著瑪利亞繼續將紅茶分給有希與綾乃的模樣，政近更加確信不是自己多心。

（果然稍微在迴避我吧……上次催眠術的事件還是耿耿於懷嗎？）

上上週的睡眠術事件過後，政近隔天重新向艾莉莎道歉，獲得原諒。艾莉莎似乎也有很多話想說，但是畢竟到頭來的原因是自己的姊姊，所以不方便說重話吧。相對的，她要求政近立刻從記憶裡消除當時看見的光景，不過那麼刺激的光景當然不可能輕易忘掉，這部分暫且不提。

艾莉莎這邊在隔天就成功獲得原諒，相對的，政近和瑪利亞從那個事件到今天才再度見面。而且瑪利亞似乎依然在意那時候的事。

（總之……再好好道歉一次比較好吧。）

要是維持這個狀態進入暑假，政近會非常不自在，所以他決定找個地方和瑪利亞談談。

在政近暗自下定決心時，統也確認瑪利亞就座之後緩緩開口：

「啊～～那個，話說各位暑假有什麼計畫？可以的話，我希望可以舉辦集訓，加深成員之間的交流。」

「集訓嗎……」

社團活動就算了，政近鮮少聽說學生會會舉辦集訓，在國中部那時候也沒經驗。大概是察覺一年級成員洋溢似懂非懂的氣氛，統也像是要大家別擔心般笑著補充。

「雖說是集訓，實際上只像是旅行。畢竟如我剛才所說，或許暑假期間也會為了學生會業務召集你們。所以也充當慰勞會？類似這樣。」

「不錯耶！感覺很好玩！」

「是啊～～我也覺得不錯哦？」

茅咲與瑪利亞表態躍躍欲試，一年級成員也積極地開始思考。

「這個嘛……如果可以早點決定計畫，我應該也可以空出行程。呵呵，這是第一次和學生會的同伴集訓，所以我很期待。」

「既然有希大人這麼說，在下就沒有異議。」

「那麼我也……」

「我也是，總之沒什麼特別的預定所以沒問題。頂多三天兩夜左右吧？場所要選在哪裡？」

「日程就對照所有人的行程再討論。至於場所，不介意的話，我想說要不要辦在我家別墅……」

「咦？別墅？」

聽到意外的名詞，包括政近的在場成員大多吃驚眨了眨眼睛，統也咧嘴一笑。

「在沿海的旅遊景點有置產……附帶私人海灘哦？而且附近每年都會辦祭典。」

「真的嗎？那個，咦？會長家裡這麼有錢嗎？雖然這麼說很失禮，但我對會長沒什麼這方面的印象……」

「啊啊……我父母確實不是什麼大老闆，不過爺爺好像是非常幹練的投資家……家裡最不缺的就是資產。」

「啊啊，原來是這種的……」

「總之，這始終是選項之一。如果有人想去其他地方就儘管說吧？」

統也說完環視所有人，茅咲思索片刻開口：

「該說是別墅嗎……就是我親戚有一座山。如果想去山上的人比海邊多，我應該也幫得上忙哦？」

「有一座山嗎？這就某方面來說真是了不起！」

接連出現的驚人爆料，使得政近在內心大喊「這所學校果然很誇張！」……不過聽到茅咲接下來的話語，他表情立刻變得嚴肅。

「總之，建築物本身該說是別墅嗎……應該說完全是集訓所？應該說道場？雖然沒有海灘，但是附近有墓地所以可以試膽，祭典也是每年舉辦哦？不過是武鬥祭。」

「這種對比洋溢出天堂與地獄的感覺。雖然沒海灘卻有墓地是吧。咦？話說那座墓地……該不會是在那場武鬥祭？死掉的人的墓地吧？」

「啊哈哈，怎麼可能啦～」

「我……我想也是。」

「或許有一部分是這麼回事，不過大多是在修行的時候就——」

「會長！我要去會長家的別墅！」
「我也是，真要說的話比較想去海邊。」
「既然有希大人這麼說，那麼在下也是。」
政近露出美妙的陽光笑容迅速舉手說完，有希與綾乃也跟著表示想去海邊，艾莉莎與瑪利亞也沒特別提出異議就看向統也。面對集中過來的強烈視線，統也也露出苦笑點頭，朝著茅咲開口：
「總之，雖然我也對茅咲說的道場有點興趣……但好像不太適合學生會的交流，所以這次就別去吧。」
「是嗎？那麼……要在學生會以外的時候去嗎？那個，就我們兩人……」
「咦……」
茅咲有點難為情般這麼說，使得統也表情凍結。然而看到女友不時嬌羞瞥過來，統也硬是改變表情擠出笑容。
「啊啊～～……說得也是。嗯……既然妳想去，那麼我也想去……吧？」
「太好了！我在那裡也會介紹師父和你認識喔！」
「師父……」
聽到茅咲純真告知的話語，統也大腦自然想像接下來的進展。「被引介認識訓練茅咲的師父」→「誆騙我愛徒的男人有何種本事，老夫就親自確認吧！」→「死」。

輕易就能想像的未來，使得統也的眼神稍微變得空洞。不過茅咲似乎沒察覺，開心地繼續說下去：

「對了，難得有這個機會，要不要也參加武鬥祭？」

「咦～～」

「參加武鬥祭」→「死」。女友毫無惡意接連插下死亡旗標，統也的眼睛失去光芒。

「放心！畢竟確實準備了業餘部門！而且……我也想看看統也帥氣的一面？」

「唔……」

不過，看見茅咲展現純真可愛的模樣，統也他……

「交給我吧。我會盡力而為！」

「真的嗎？我好開心！哇～～超期待的！」

「哈哈，哈……」

統也用力點頭，發出乾笑聲。看著這樣的統也，政近心想「真的是男子漢……」佩服不已。一邊佩服一邊合掌默哀。總之政近下定決心，即使統也在暑假過後進化為第二形態，也要泰然接受別被嚇到。

後來暫時閒聊了一陣子。單手拿著瑪利亞泡的紅茶，各自說出對於學生會、學校與暑假的想法。就這樣經過約三十分鐘時，統也忽然拿出手機，確認畫面之後起身。

「唔……還真早。啊啊，我父母好像到了，我出去一下。」

「啊，路上小心～～」

「加油喔～～……這麼說也怪怪的。」

統也對茅咲的聲援露出苦笑，走出學生會室。緊接著輪到瑪利亞站起來，開始收拾眾人的茶杯與茶碟。

「那麼，我也差不多快到面談時間了，所以暫且先收拾哦～～」

「啊，我來幫忙。」

就是現在！如此心想的政近立刻起身，拿起正前方綾乃與身旁艾莉莎的茶杯。他以視線制止綾乃與有希，將餐具疊在手邊，然後端著疊好的餐具看向瑪利亞，拿著托盤的瑪利亞瞬間游移視線，接著露出笑咪咪的表情。

「是嗎？那就拜託了哦？」

「好的。」

政近將餐具放在瑪利亞手上的托盤，就這麼連同餐具接過托盤，然後兩人走出學生會室。

學生會室有電熱水壺與小冰箱，只可惜沒有流理台。所以雖然有點麻煩，不過洗餐具的時候必須借用其他社辦的流理台。大多是借用家政教室的一角，依照狀況也會借用理科教室的流理台。只不過後者在衛生上的感覺不是很好，所以是最終手段。幸好今天家政教室空著，所以決定正常借用家政教室的流理台。

兩人並肩洗餐具的時候，政近悄悄觀察瑪利亞。瑪利亞乍看表現得一如往常，卻果然隱約有種尷尬的感覺。

（果然是……這麼一回事吧。）

政近在內心輕聲嘆氣，別開視線的瞬間，他的手稍微碰到瑪利亞的手。

「！」

頓時，瑪利亞像是彈開般迅速移開手，手上的茶碟發出清脆的碰撞聲。

「啊，不好意思。」

「不……不會啊？沒關係的。對不起哦？剛才有點……是靜電嗎？」

夏天洗碗盤的時候應該不會產生靜電……不過政近這時候沒吐槽，回應「說得也是」點點頭。然後他再度悄悄觀察瑪利亞……瑪利亞耳朵稍微變紅，像是在掩飾什麼般露出假惺惺的笑容。

「……瑪夏小姐。」

「嗯？什麼事？」

「……那個茶杯，剛才洗過了耶？」

「哎呀？是嗎？」

瑪利亞說著頻頻打量手上的茶杯。「不，看了也看不出來吧……」政近在內心吐槽的同時，納悶她到底是少根筋還是亂了方寸。

但是無論如何，她確實對那件事耿耿於懷的樣子。政近如此判斷，在兩人都洗完碗盤擦乾手的時間點，下定決心向瑪利亞搭話。

「那個，瑪夏小姐。」

「嗯？」

「那個……重新鄭重向妳道歉。關於催眠的那件事……」

「啊，不用了。沒關係哦？畢竟那件事是我起的頭……」

政近低頭道歉之後，瑪利亞有點慌張般要求政近抬起頭。但是政近聽話抬頭和她四目相對的瞬間，她臉頰泛紅移開視線。

「啊，那個……就是，雖然當時沒機會問……不過我中了催眠術的時候，對你做了什麼……事情嗎？」

然後，瑪利亞害羞般頻頻瞥向政近的臉發問。總是洋溢學姊從容氣息的瑪利亞表現出不同於以往的態度，政近的心不知不覺被打動。他不由得嚥下一口口水，連忙切換意識，然後回憶當時的事情……復甦的羞恥心令他飽受煎熬，但還是勉強撐下來說出實情。

「那個，妳把我和艾莉一起抱在懷裡……一直摸頭。」

說出來會非常難為情的這個事實，使得政近咬緊牙關。但瑪利亞緩緩眨了眨眼。以稍微放心的表情發問。

「咦……只有這樣？」

「嗯，算是吧。」

實際上，大約有半張臉埋在瑪利亞豐滿的胸口，不過這始終是「抱在懷裡」的範疇。更嚴謹來說還隔著裙子摸到大腿……應該說現在回想起來，手指甚至摸到相當私密的位置，不過這始終是「政近對瑪利亞做的事」，不是「瑪利亞對政近做的事」，所以這時候不必刻意說出口。紳士?這個詞有點陌生耶?

「是嗎……這樣就好。」

瑪利亞看起來沒察覺政近這個奸詐的想法，露出安心的表情輕撫胸口。這張純真的表情一針針刺激政近的罪惡感。

「那個……這樣好嗎？」

「嗯，這種程度的話完全沒問題。總之，啊……」

此時，瑪利亞想到某件事，迅速環抱自己的身體。

「那個，你……看見了？」

「呃，這個嘛……」

揚起視線看過來的瑪利亞，稍微露出像是生氣又像是責備的表情，政近視線不禁游移。

若問有沒有看見，政近看見了。不，他在瑪利亞開始脫的階段就移開視線，但是茅咲的所作所為過於震撼，視線忍不住跟了過去，結果……總之映入眼簾了。瑪利亞脫下裙子，上衣解開到第二顆釦子，非常性感的樣貌。只不過，旁邊的艾莉莎幾乎解開所有釦子，所以真要說的話，這部分的印象比較強烈……不過，嗯，政近清楚記得瑪利亞也穿白色的。

政近絞盡腦汁思考該如何解釋這個事實，不過在沒有立刻否定的時間點就猜得到端倪了。瑪利亞稍微含恨般噘嘴，冷眼看向政近。

「久世學弟好色。」

「啊，嗯……總覺得很抱歉。我不小心看見了。」

政近心想「原來瑪夏小姐對這種事還是會生氣啊……」稍微吃驚，同時率直低頭

道歉。不，其實他或多或少覺得以瑪利亞的個性可能會說「那種程度～～完全沒關係哦～～」露出軟綿綿的笑容原諒。正因如此，所以他有點意外瑪利亞在這時候做出正常女生的反應，同時也因為惹那位「學園之聖母」生氣而稍微感受到悖德的喜悅……

「久，世，學，弟？」

「咦，啊，有？」

「真是的，你有在好好反省嗎？」

「有有有！」

瑪利亞深鎖眉頭仰望這裡。不過娃娃臉的瑪利亞即使露出這種表情也一點都不可怕。應該說，反倒是……

（這張稀有表情感謝老天爺真是太可愛了。平常學姊光環超強的瑪夏小姐露出這副孩子氣的模樣，老實說是最強的反差萌超迷人。要是她願意以這張表情豎起食指罵我「不乖」，我有自信會當場跳起來跪下磕頭大喊：「感恩學姊讚嘆學姊！」）

「真是的！你果然沒在反省吧！」

政近繼續思考這種蠢事，瑪利亞臉頰漲得圓鼓鼓的，慢慢以雙手夾住政近臉頰。然後捏著政近雙頰，開始用力往外拉。

「這是在做什麼啦～～」

「懲罰！」

瑪利亞就這麼皺著眉頭揚起視線瞪著政近，將政近臉頰拉到各個方向。但是也沒那麼痛。比起艾莉莎毫不留情的耳光，這種懲罰以各方面來說很可愛，反倒算是一種獎賞吧。

大概是終於滿足了，瑪利亞手指放開政近臉頰，再度以雙手夾住政近臉頰。瑪利亞將政近的臉轉向她，從極近距離以嚴肅表情告誡：

「聽好了，不可以害女生留下害羞的回憶哦？還有，對方生氣的時候必須好好反省。」

話是這麼說，不過政近不太覺得她真的在生氣。話說現在這個姿勢，一個不小心的話真的只像是接吻的五秒前。近距離看見的大姊姊臉蛋太美了，身為青春期男生無法保持冷靜，然而不知道當事人是否有這個自覺。

（要是在這時候反駁，她會維持這個姿勢對我說教一陣子嗎？）

即使這種想法掠過腦海，但政近終究覺得做到這種程度會害得這位溫柔的學姊真正動怒，所以決定率直點頭。

「……是。」

「嗯，很好。」

瑪利亞對政近的回答點點頭，放開他的臉頰，像是稱讚「做得很好」般輕輕摸他的頭，然後重新面向流理台。

不過，瑪夏伸手要用毛巾擦乾洗好的餐具時，她的口袋響起細微的振動聲。

「啊……我媽好像來了。」

「啊，沒關係喔，之後我會收拾。」

「唔唔～對不起哦？那麼可以拜託你嗎？」

「好的，路上小心。」

目送有點愧疚般離開家政教室的瑪利亞之後，政近開始擦餐具。大致擦乾之後疊在托盤上拿回學生會室。

後來剩下的五人又閒聊約三十分鐘，輪到茅咲離開學生會室去迎接母親。艾莉莎湊巧在瑪利亞面談結束的時候要進行面談，所以在茅咲離開沒多久就立刻起身。

「那麼，我去去就回來。」

「喔喔，慢走～」

「路上小心。」

「路上請小心。」

三人目送艾莉莎離開，學生會室的門關上數秒後。有希收起至今臉上雕塑般的笑容，一個轉身面向政近，以低沉到無謂的帥氣聲音說：

「終於只剩我們兩人了。」

「好，那我也去迎接爺爺吧。」

「等一下啦！為什麼把我當空氣啊！」

「不，我才要說妳不准隨便把綾乃當空氣！」

有希像是撲到桌上般伸出手，一把抓住政近的手臂。被譽為淑女典範的模範生表現出不該有的模樣，政近不禁以看見討厭東西的眼神俯視妹妹的後腦勺。

「為什麼用這種眼神看我啦！因為最近在忙各種事，所以很久沒有像這樣兄妹獨處了吧！」

「啊啊……這麼說來也是吧？」

有希的話語使得政近視線游移，心想或許確實如此而接受。然後他重新思考就發現，超過十天完全沒有兄妹獨處的時間是頗為稀奇的事。

「不過，哥哥和艾莉同學相處得很愉快，所以或許不會在意吧～～？」

「不……沒這回事啊？」

看到有希抬頭賞了白眼，政近尷尬移開視線。接著，有希在桌上翻身側躺，雙手放在眼睛下緣開始明顯假哭。

「嗚，嗚嗚，人家好寂寞哦～～」
「是嗎是嗎，妳好寂寞嗎？我知道了，所以總之先從桌子下來吧？好嗎？」
政近如此勸說之後，有希俐落爬下桌子。在桌面散開的黑色長髮拖到桌邊消失，隨即像是羽翼般輕盈展開。像這樣將凌亂的頭髮放到身後之後，有希一屁股坐在椅子上，進而蹺起二郎腿將上半身向後靠，擺架子般抬起下巴放話。
「所以，來疼我吧。」
「不對，妳的情緒是怎麼回事……？」
妹妹個性的劇烈變化使得政近傻眼，但有希看起來不在意，裝模作樣揚起眉角。
「怎麼了？動作快啊。」
這副態度就像是對部下提出無理難題的惡劣上司，政近不得已照做。心情猶如被要求公開道歉的銀行員一般。政近雙手撐在桌面，緊閉嘴唇，以感到困惑與絕望而動搖的聲音詢問。
「要在……這裡嗎……？」
「沒錯。我要你立刻在這裡好好疼我喔，政近兄。」
「可是，這裡是……！」
「這裡是？怎麼了，你做不到嗎？」

「唔……！」

有希說完，政近顫抖著雙手深深低下頭，從喉嚨深處擠出充滿苦惱的聲音。

「我……知道了……！」

然後他慢慢坐在椅子上，突然抬頭將手放在旁邊椅子的椅背，接著全力以帥氣的表情&姿勢說出一句話：

「好啦，來我這吧。」

「噗呴！」

「好，算了。」

「哎喲，開玩笑的啦，哥哥好帥喔～～」

政近一站起來，有希趁機發出撒嬌的聲音跑向政近。坐在政近旁邊的座位之後，有希久違盡情向哥哥撒嬌。政近即使對這個妹妹露出苦笑，也還是好好疼愛有希。綾乃是空氣。

就這樣，政近討好有希約十五分鐘後，政近的手機振動，通知爺爺抵達。

「慢著，爺爺來了。」

「喔～～路上小心。」

「啊啊，我去去就回來……慢著，話說綾乃去哪裡了？」

政近環視學生會室內部，尋找不知何時消失的兒時玩伴，卻到處都找不到綾乃。

「咦？不是識相變成空氣去外面把風了嗎？」

「妳喔……不，沒察覺的我也沒資格說些什麼……」

政近搖頭輕輕打開學生會室的門一看，正如有希所說，綾乃像是護衛般在門外待命。不，實際上是為了保護主人的虛假形象在把風，所以認知為護衛應該沒錯。

「……總覺得對不起。」

「嗯？請問是什麼事？」

剛才向有希說「不准把綾乃當空氣！」自己卻自然忘記綾乃的存在，政近內疚得不得了。不過綾乃看起來真的不知道政近的心情，就這麼面無表情歪過腦袋。

政近懷著慰勞與謝罪的意味輕摸綾乃的頭，她隨即不好意思般閉上單邊眼睛。

「那麼……我去去就回來。」

「路上小心～～」

「路上請小心。」

政近以無法言喻的心情向兩人道別，拿起隨身物品，朝著爺爺等待的正門踏出腳步。在校舍裡行進，到鞋櫃換鞋，走向正門…………的時候，政近猛烈想要掉頭。然而對方先出聲叫他，所以沒能如願。

「喔喔，政近你來啦！」

「爺爺……」

位於前方的是頭上禿到發光的爽朗老翁。是政近父方的祖父，讓兒時政近看遍俄羅斯文學與俄羅斯電影的罪魁禍首——久世知久。不同於母方的祖父周防嚴清，知久和政近感情非常好。好到會像這樣代替工作忙碌的政近父親，前來擔任三方面談的監護人。

背脊打得筆直，白色軟帽稍微往上拉，看見孫子登場開心一笑的這副模樣，簡直散發出慈祥爺爺的氣息……不過問題在於他的服裝。

「為什麼是穿白色西裝啊？」

「咦？很帥吧？」

「我說過只有重度自戀狂或是外國黑手黨才會穿這種衣服吧！」

「唔……啊啊對喔，因為缺了這個吧。」

政近喊出充滿偏見的話語，但是知久似懂非懂般重新戴好軟帽，伸手摸索內袋，然後取出墨鏡迅速戴上。

「你看，很帥吧？」

「黑手黨度提升了！完全是退休的黑手黨老大！只要再披一件大衣或是脖子掛上像是奇怪圍巾的那種玩意兒就完美了！」

「你說領巾嗎？有喔。」

「為什麼會有啊！」

這次知久從另一側內袋取出摺好的白布。政近出言阻止，在更加引人注目之前，迅速帶知久進入學校。

「真是的，為什麼穿成這麼丟臉的模樣過來啊……！」

「但我覺得很時尚啊……」

「反正又是被哪部電影影響吧？應該說真虧你有這種衣服。」

「我是為了今天動用微薄的年金買的啊？」

「去給奶奶罵一頓吧。」

政近以壓抑憤怒與羞恥般的聲音吐槽，快步走向校舍。老實說，政近不想被別人看見他帶著這位祖父。

政近在鞋櫃換穿室內鞋，讓祖父穿上訪客用的拖鞋之後，筆直走向教室。

「我說政近，好像還有一些時間，我想逛逛校內……」

「我堅定拒絕。」

「怎麼啦？和爺爺在一起會這麼丟臉嗎？」

「很丟臉。」

「唔……那我自己一個人……」

「別這樣，我只覺得您會被當成可疑人物逮捕。」

就這樣，政近安撫著高齡七十一歲卻浮躁得驚人的祖父，好不容易讓他坐在教室外面設置的椅子。接下來成為話題的是政近的父親。

「嗯……不過，恭太郎果然很忙嗎？」

「哎，聽說他今年進入英國大使館工作……所以各方面很辛苦吧？」

政近的父親恭太郎是外交官，直到去年都任職於外務總省，不過從今年度開始任職於駐外使館。這個父親原本就經常不在家，但是出國工作的現在幾乎不會回家。連三方面談都像這樣拜託知久。這件事使得知久稍微皺眉。

「這樣啊……不過，至少要參加三方面談吧？」

「就說沒辦法了。因為光是移動，隨便就要耗費半天以上。」

「是嗎？政近你人真好。」

「別這樣。」

知久想摸政近的頭，政近不好意思般推開他的手。兩人以這種感覺，終於展現世間常見令人會心一笑的祖孫關係……但是在教室的門打開的瞬間，這種東西轉眼被拋到九霄雲外。

「我們告辭了。」
「謝謝老師。」
艾莉莎以及像是她母親的女性走出教室。知久看見這兩人……應該說看見艾莉莎之後，眼睛睜得好大。
（糟糕！剛才莫名發生太多事，我忘記忠告了！）
政近後悔應該預先向知久說一聲才對，但是為時已晚。
「啊，久世同——」
「東歐的奇蹟～～！」
「真的別這樣啦爺爺！」
知久猛然站起來，像是感謝上帝般張開雙手，政近拚命想讓他坐回椅子上。
然後他連忙向吃驚後退的艾莉莎辯解。
「沒有啦，抱歉艾莉，這是我爺爺，但他對俄羅斯的嚮往有點強烈過頭……」
「咦，啊，這樣啊……」
「小姐，妳叫什麼名字啊？」
「所以說真的別這樣啦！」
知久以完全只像是搭訕的表情&話語試著接近艾莉莎，政近擋住他，一心一意低頭道歉。

「抱歉，真的很抱歉。說真的不要理他沒關係的。」

「啊，是一位充滿活力的……爺爺耶？」

艾莉莎充滿體貼的話語，反而刺痛政近的胸口。在家人繼續出醜之前趕快請兩人回去吧……如此心想的政近以左手抓住知久衣領，以右手催促兩人「請離開吧」。不過在這個時候，似乎是艾莉莎母親的女性走向政近發問。

「那個，不好意思。你是……政近同學嗎？」

「咦，啊啊是的，初次見面，我是久世政近。您是艾莉莎小姐的母親嗎？」

被年長女性搭話，政近迅速放開知久，依兒時起便深植體內的禮節規則打招呼。絲毫感覺不到剛才慌亂行徑的沉穩問候，使得眼前的女性佩服般按著嘴角，艾莉莎也驚訝瞪大雙眼。

「哎呀哎呀，您客氣了……初次見面，我是艾莉莎的母親九条曉海。我也經常聽女兒說你的事情。」

「這個嘛……哈哈，希望不是在說我的壞話就好了。」

「呵呵，她總是說得非常愉快哦？」

「……這樣啊。」

不提內容，說得很愉快應該是真的。光是這樣，政近就猜到大致的狀況。

然後政近重新觀察眼前的女性。大波浪的及肩黑髮；輕易想像得到昔日肯定很搶手，溫柔又標緻的容貌；清楚看得出艾莉莎與瑪利亞是由這位母親產下，充滿母性與魅力的胴體；臉蛋本身……應該比較像是瑪利亞吧。

（瑪夏小姐的臉蛋拿掉外國人的特徵，就會成為這種感覺……嗎？不，與其說臉蛋，不如說氣息很像。）

洋溢文雅的氣息，令人覺得聖母莫過於此，充滿母性與包容力的樣貌。如果她是藝人，就是在中高年齡層誇稱人氣頂尖的資深美女。

不過她的雙眼確實隱含知性，可知她不是只有溫柔可取的女性。

（怎麼回事？被看透了嗎？無論如何，看來應對的時候最好小心一點……）

政近掛著笑容觀察，在短短兩秒思考到這種程度，然後謹慎注視曉海。曉海像是看穿政近的戒心，稍微加深笑容。政近也察覺自己被看穿而提升警戒等級。在這樣的緊張之中，曉海緩緩開口，政近在笑容底下嚴加戒備——

「話說久世同學，你擅長社交舞嗎？」

聽到這個完全出乎意料的問題，政近當機了一陣子。他眨了眨眼，不禁以自然的語氣反問。

「社交舞……嗎？」

「是的。」

聽她以理所當然至極的態度肯定，政近混亂了。

（社交舞……咦？怎麼回事？是什麼暗示嗎？這個問題有什麼意圖？不行，我不知道！）

要老實回答「還可以……」嗎？不對，回答得這麼普通沒問題嗎？在苦惱的政近開口回應之前，艾莉莎一副不耐煩的樣子向曉海開口：

「媽，這個問題是怎樣？沒看到久世同學在為難嗎？」

「咦咦？」

「為什麼問社交舞？」

「咦咦～～？因為他肩頭有點下垂？」

曉海按著臉頰看向斜上方，說出莫名其妙的回應。沒什麼特別的，就只是少根筋的發言。她果然是瑪利亞的母親。

由於剛才嚴加提防，所以政近脫力到無以復加，不過知久在這時候迅速接近艾莉莎，以自然到驚人的動作，用雙手包覆艾莉莎的手。

「小姐，要不要當我的孫女？」

「咦，咦？」
「喂！」
祖父以像是要求婚的姿勢提出天大的要求，使得政近拋下禮節大喊。
「如何？想不想當我家政近的新娘——」
「真的給我閉嘴啦！」
政近從後方摀住知久的嘴強迫他閉嘴，用盡力氣從艾莉莎面前拉開他。
「那個，那麼我們要進行面談，差不多就到這裡吧！」
「啊，嗯。」
「說得也是。那麼改天見。」
政近強行結束話題，向艾莉莎與曉海告別。目送兩人行禮離開之後，政近終於放開知久。
「所以？政近怎麼樣，想把她娶進門嗎？」
「就說閉嘴了。」
「所以呢？艾莉要當久世同學的新娘嗎？」
「媽媽妳閉嘴。」
政近賞了學不乖的祖父一個白眼，幾乎在同一時間，不遠處傳來母女的對話，政近心想「彼此都很辛苦啊……」向艾莉莎表達同情之意。

然後，政近重新振作看向教室……裡面的班導掛著僵硬的笑容。「基本上全被聽到了……」政近仰天長嘆。

◇

「那麼，我們先告辭了……」

「告辭。」

後來勉強完成三方面談，政近與知久離開教室。大概因為進度有點快，下一對親子還沒來到教室外面，政近與知久就這麼走向階梯。

「所以，那位艾莉莎小姐？關於她的事……」

「不，用不著重提這個話題了。」

政近隨口應付知久的追問，對於三方面談勉強結束感到鬆一口氣……而且以結果來說，這是錯的。政近原本應該更加注意才對。但是政近被知久耍得團團轉，腦中完全忘記這件事……結果就在走到玄關前方的走廊時撞見了。

「！」

看到這個身影的瞬間，政近感覺全身的血氣瞬間消退。對方也是一看見政近就瞬間睜大雙眼，然後迅速移開視線。

「喔喔，優美，好久不見啊。」

「好久不見……公公。」

對方回應的時候停頓片刻，不知道是已經離婚所以猶豫是否要稱呼為「公公」，還是在意彼此對外已經是形同陌路的關係，也可能兩者皆是。

無論如何，知久毫不在意般笑開懷，親切向優美搭話。

「看妳好像過得不錯，真是太好了。有希也過得好嗎？」

「是的，祖父大人。總覺得祖父大人您……穿這樣來學校很驚人耶？」

「嗯？很帥吧？」

「呵呵，說得也是。」

「對吧！不知為何政近的評價很差。」

孫女的讚賞使得知久愉快一笑，交互看著有希與優美開口。

「怎麼樣，和媽媽相處和睦嗎？」

「嗯，那當然。對吧？母親大人。」

「是……啊……」

女兒投以高雅又純真的笑容，優美略顯顧慮般發笑。政近以冰冷至極的眼神旁觀這一幕。

（少騙人了，居然露出這種掩飾般的假笑。如果真的相處和睦，有希肯定會展現真實的自己吧？）

連女兒的真實表情都引不出來，算什麼母親？有希為什麼要為了這種傢伙……

「……！」

政近咬緊牙關，拚命克制像是火焰燒烤肺部般的厭惡感。但是，只要看見這個母親，封閉在記憶深處的過往記憶即使不願意也會復甦，令人作嘔彷彿爛泥的情感濁流從腹部底層噴發。每次吸氣想要平復心情，某種冰冷的東西就竄到四肢末梢，皮膚表面反而感覺到逐漸冒汗的熱度。

即使如此，政近也沒有從優美那裡移開視線，就像是一旦移開視線就輸了。然而優美堅持不看向政近。久違和兒子見面，卻沒投以話語、視線等任何東西。

（……什麼嘛，果然嗎？）

這一瞬間，政近體內隱藏的火焰以及撫遍皮膚表面的熱度都瞬間消失。包覆全身的是失望？還是灰心……無論如何都和政近無關。已經只是一點都不重要的事情了。

「爺爺，差不多該走了。這裡會引人注目。」

政近以不帶情感的聲音平淡說完，知久做出稍微在意周圍的反應輕輕點頭。

「喔喔，是嗎……那麼兩位，改天見啊。」

「好的，暑假我會再過去玩哦？」

「…………抱歉打擾了。」

瞬間，優美開口想說些什麼，但是到最後沒說出口，稍微低頭致意之後就帶著有希走向階梯。政近沒目送她的背影，迅速換好鞋子。知久也沒多說什麼，從拖鞋換穿自己的鞋子。

「唔啊～～重新走到戶外就覺得好熱。」

走出校舍大門，知久被耀眼陽光照得表情扭曲，政近以傻眼表情看他。

「因為你穿那種衣服啊。」

「可是啊，終究不能穿運動衫過來吧？」

「穿成那樣說不定比較好……」

「怎麼啦，有希剛才說我很帥耶？」

「不，明顯是客套話吧？」

政近半笑不笑說完，知久露出不滿表情，仰望天空開口：

「不過，有希愈來愈像優美了……身高還不夠就是了。」

「……是啊。」

政近頓時回答得有氣無力，知久帶著苦笑詢問：

「怎麼啦，還是討厭優美嗎？」

「……」

政近以沉默回答知久這個直接的問題。孫子做出這麼好懂的反應，知久感觸良多般撫摸下巴。

「真是不可思議。但我認為優美和你非～～常像。」

「我們很像？哈！」

政近當成不好笑的笑話一笑置之，但是知久不為所動點了點頭。

「很像喔。你外表和恭太郎年輕的時候一模一樣，不過內在很像優美。相對的，有希外表和優美一模一樣，內在卻很像恭太郎。」

「……」

「不過，你與有希都只有眼睛不像爸媽……那雙眼睛是從誰那裡遺傳的？」

「天曉得。」

唯一顯示政近與有希是兄妹的特徵，就是只有該處形狀相似的眼睛。政近伸手觸摸眼睛聳了聳肩。

看到政近堅持不改原本的反應，知久也再度稍微聳肩，像是切換心情般大喊：

「啊啊～～話說回來好熱啊～～……怎麼樣？要不要去找間店吃刨冰？」

「刨冰……這種店沒那麼好找吧？」

「是嗎？只要調查一下……」

知久取出手機真的準備開始調查，政近心想「爺爺就各方面來說真年輕啊」抱著佩服與傻眼各半的心情，像是疲累般回應。

「不，我不去吃了……我要直接回家。」

「怎麼啦？你累了嗎？這麼說來，感覺你的氣色不太好……」

知久擔心般觀察，政近和他拉開距離，轉頭看向前方。

「只是因為太陽很大才會看成這樣吧？我不是累了，單純是想趕快回去沖澡。」

「什麼嘛，你這孫子真冷漠。」

「如果爺爺穿得正常一點，我或許會想奉陪吧。」

知久不知道從哪裡取出扇子往臉上搧風，政近給了他一個白眼。這個反應乍看像是一如往常的政近……卻隱約像是哭累的幼童般無依無靠。

Иногда Аля внезапно кокетничает по-русски

第6話

以各種意義來說發燒了

並不是……發生過什麼特別戲劇化的事件。

像是被母親虐待，或是母親和別的男人出軌，明顯沒有這種事實。不只如此，現在回想起來……母親應該是一位非常和藹溫柔的女性。雖然和父親發生各種事，但母親依然對我們兄妹很好。學習才藝得到好成績的時候會誇獎，有時候還會烤糕點給我們吃。即使從世間普遍的標準來看，母親肯定也是一位溫柔的母親吧。

我與妹妹都非常喜歡這樣的母親。

……契機真的只是小事。世間人們肯定大多心想「咦？是這種事？」而覺得掃興……現在想想就發現真的完全沒什麼大不了的。就只是……母親在某天突然不再直視我的眼睛了。

總是筆直注視我的眼睛，對我說「你好努力了」或是「真是了不起」摸我頭的母親……開始把視線移開。總是和藹的那張笑容，也不知何時變得僵硬……我察覺母親是在勉強自己。

肯定是這種程度無法讓她滿意。我的努力還不夠。必須拿出更多，更好的結果，不然母親不會由衷感到喜悅。

媽媽，看看我吧。我上次被花道老師稱讚了耶？空手道也拿到黑帶了。課業也已經在學習國中生的範圍，媽媽最喜歡的鋼琴也——

「夠了，別再這樣了！」

……我並不是想看這種眼神。我……只是——

◇

「嗚，啊……」

政近清醒之後，覆蓋全身的異常熱度與倦怠感令他發出呻吟聲。

「啊啊……」

光是在床上扭動的細微動作，不舒服的感覺就一陣陣深入腦袋與骨子裡，使得政近失去幹勁。其實在昨晚的時間點就稍～～微有種不祥的預感……看來完全感冒了。

回過神來就發現喉嚨也莫名地痛，總之最重要的是身體沉重無力，肯定也發了高燒吧。

就在這個時候，放在枕邊的鬧鐘開始響鈴，政近舉起沉重的手臂關掉鬧鐘。順便拿起鬧鐘旁邊的手機，然後翻身朝向右側。剛才壓在身體下方的右上臂與右肩竄過一陣痛楚，不過比起舉起手臂的難受程度還算好。

「這可不行……」

政近啟動手機，決定先聯絡學校請假。但他不知道聯絡方式。記得好像有寫在某個地方，一時之間想不起來。上網搜尋學校的電話號碼吧……才這麼想就立刻嫌麻煩。

「毅……不對，光瑠嗎？」

政近想拜託兩名好友的其中一人通知班導，基於下意識的信賴程度選擇光瑠。毅的幻影在腦中大喊「為什麼啊！」抗議，但是政近置之不理，也沒有餘力在意。

『……喂，政近？』

「喔喔……抱歉，我有點感冒了。」

『咦？還好嗎？』

「哎……總之我今天請假。可以幫我跟老師說嗎？」

『嗯，知道了……放學之後要去看你嗎？你現在一個人在家吧？』

「不，我會拜託認識的人所以不用了……謝啦。」

『這樣啊……那麼保重吧。』

「收到～～」

和光瑠通話結束之後，政近擠盡力氣傳訊息給有希。

『抱歉，我感冒了。』

『可以拜託綾乃拿藥嗎？』

好不容易勉強只輸入這兩句傳送之後，政近無力將手機扔在床上，再度仰躺。

「唉……」

雖然想要至少喝杯水，但是連下床都麻煩得不得了。幸好還有睡意，所以決定就這麼睡回籠覺。

（話說回來，總覺得作了討厭的夢……）

大概是因為昨天久違見到母親吧。感覺自己作了平常盡量不去回想的舊夢。

（應該說，總覺得最近特別容易想起往事……）

身為周防政近那時候的往事，對於現在的政近來說是想要封鎖的記憶。討厭的事情、悲傷的事情、難受的事情。想起這些事情，心神不寧的討厭感覺會在胸口擴散。

（不，反倒是……因為沒試著回想嗎？）

關於往事，政近不曾回想起細節。因為每次試著回想，自身就會阻止這麼做。明明實際上肯定不是只有難受的回憶。

可是，政近無論如何都會回想起來。和母親的訣別，和那個孩子的離別。為了避免聯想起這些事情，所以往事全部一起封鎖在記憶深處。

就這樣不知何時只留下「以前的事＝討厭的事」這個印象，每次拚命移開注意力避免回想，這個印象就更加強烈。

（俗話常說，憤怒與憎恨會隨著時間逐漸沖淡……但是未必如此吧。）

現在的政近反倒是當時的記憶明明已經淡化，卻只有悲傷又難受的印象牢牢殘留下來。具體來說是什麼事情令他悲傷又難受，明明早就已經無從得知了。

即使是現在也一樣，只要試著回想往事，就會出現強烈的抗拒反應。

極度想要移開視線，無法將手伸向記憶的蓋子。

（……唉，算了。）

政近甚至懶得讓頭腦運作，硬是中斷思考。

身體狀況明明很差了，用不著做這種令自己更加懊惱的事。

昨天只是巧遇，並不是今後預定要和母親見面，政近也沒這個打算。

那段過去已經是不值得回想的往事。身為周防政近那時候的記憶，對於久世政近來說不需要。政近對自己這麼說……然後再度進入夢鄉。

◇

叮咚～

「唔……？」

對講機響起的聲音使得政近醒來。他以朦朧的腦袋猜想大概是有希或綾乃來了，卻立刻察覺不對勁。

有希有這個家的鑰匙。無論來的是有希或綾乃，不用按門鈴就能進屋。而且……如果沒聽錯，那麼剛才響的聲音不是玄關門鈴，是公寓對講機的通知聲。

假設是為了告知來訪而按門鈴，也沒道理刻意在公寓門口按對講機。

「是有什麼東西寄來了嗎……？」

政近想拖著依然倦怠的身體下床，然而光是翻身就耗盡氣力。乾脆假裝自己不在家吧？這個想法掠過腦海，但是對講機鈴聲在這時候再度響起。

「好的好的……我現在過去～」

政近也認為差不多該起床一次比較好，打起精神下床。每踏出一步就有一股衝擊直達腦門，為此板起臉的政近打開房門走向對講機。

然後他看著對講機螢幕顯示的人影……懷疑自己眼花。

「……啥？」

不可能看錯的銀色長髮。藍色眼睛。標緻得難以置信的容貌。螢幕上確實映出艾莉莎身穿便服站在公寓門口的影像。

「……咦，啊？為什麼？」

政近不記得自己曾經把自家住址告訴艾莉莎。當然也未曾邀請艾莉莎來家裡。雖然滿腦子疑問，不過要是拖太久，對講機的訊號會因為時間到而中斷，所以政近總之按下應答鍵。

「……艾莉？」

『啊，久世同學？還好嗎？』

「那個……難道說，妳聽有希說了什麼嗎？」

『嗯……有希同學說你感冒病倒，希望我拿藥給你……』

「啊，是喔……總之我先開門。」

『啊，好的。』

政近按下開門鍵，看著艾莉莎進入公寓，接著回到自己房間，拿起放在床上的手機。

然後他啟動手機……一看見畫面所顯示有希傳來的訊息，立刻將手機扔到床上。

『喂喂喂，怎麼啦？這是銀髮美少女的看護事件耶？開心一下吧。』

上頭伴隨著笑嘻嘻的表情圖示，寫下這樣的訊息。

「至少……要在事前告知啊～～嗚喔。」

政近無力喊出對於有希的不滿，整個人趴倒在床上。雖然很想就這麼放鬆全身發懶，但他心想終究得在艾莉莎到達之前上個廁所，勉強擠出氣力前往廁所。

上完廁所並且洗手漱口完畢的時候，玄關門鈴剛好響了，政近以手撐著牆壁走向玄關。

全身上下是單薄的睡衣，頭髮翹得像是鳥窩。這副模樣不太方便見人，不過事到如今已經進入死心的境地。是「隨便怎樣都不在乎了」的狀態。

「來了～～」

套上拖鞋準備打開玄關大門的前一刻，政近想到好像應該戴口罩。

（不，可是……口罩在哪裡？）

猶豫只在一瞬間。政近判斷讓艾莉莎等太久比較不妥，所以解開門鎖，略顯顧慮般打開大門。頓時，悶熱的空氣與嘈雜的蟬鳴一口氣灌進屋內。

「艾莉……？那個，謝謝妳啊？特地過來一趟……」

政近像是把門板當成盾牌，稍微探頭往外看。其實將大門維持在這種不上不下的狀態，對於現在的政近來說也非常吃力，不過在這時候必須忍耐。然而果然還是多少露了臉吧，艾莉莎有點吃驚般移動視線。

「嗯，總之跑這一趟……是無所謂啦，但你的狀況看起來比想像中還差耶？」

「……啊，妳是不是在想『原來笨蛋也會感冒』？」

「並沒有。」

政近到這個時候還想開玩笑，艾莉莎輕輕嘆口氣，以視線示意手提的購物袋。

「方便打擾一下嗎？」

「咦？啊啊不對，基本上只要拿得到藥就夠了……」

「……有希同學拜託我來的。她要我來照顧你。」

艾莉莎像是不得已般稍微噘嘴這麼說完，政近忍不住在內心向有希抱怨。

（老妹啊……我不在意妳是阿宅腦，但是別殃及別人造成困擾啊……）

【騙你的。】

（啊，抱歉，我錯怪妳了。）

艾莉莎玩著髮梢不時瞥過來，政近暗中向有希道歉。她只是正常利用了艾莉莎的遮羞習慣。

「啊啊沒有啦，我吃藥睡一下應該就會康復……」
「吃點東西比較好吧？你有力氣自己下廚嗎？」
「總之，嗯……可是，如果感冒傳染給妳，我會過意不去……」
「放心吧？我帶了口罩過來。」
艾莉莎說完就按照自己的宣言，從購物袋取出口罩戴上。完美美少女大人在這種時候也無懈可擊。準備得如此周到……政近覺得非常五味雜陳。
（不，這是正確的啊？雖然正確……）
這種失望感是怎麼回事？該說自己彷彿成為非常骯髒的病原體，還是說原本臉紅心跳的看護事件變成純粹的醫療行為……
（班上美少女不戴口罩殷勤照料病人的事件終究是幻想！是這麼回事嗎……）
二次元和現實果然不一樣。深刻感受這一點的政近看向遠方。
「而且……我帶了各種東西過來，要是在門外被趕回去，我會很為難啊？」
艾莉莎說著提起塞了不少東西的購物袋。看來她除了藥還帶來食材等各種物品。確實，她在這種大熱天提著重物過來，要是說「我不需要，妳回去吧」也太過分了。即使不是自己主動請求。
「啊啊，嗯……那麼，總之就稍微麻煩妳照顧吧……」

Я соврала.

氣力與體力也已經快達到極限，政近懷著放棄抵抗的念頭邀艾莉莎入內。

「打擾了。」

艾莉莎進入玄關，門發出聲音關上之後，政近突然靜不下心。

戶外的蟬鳴遠離，家裡唐突迎來一陣寂靜。同一時間，政近強烈意識到現在是獨自和女生在家裡共處的狀況，即使是鎖上玄關大門這種平凡的行為，他也覺得像是在做什麼不該做的事。

「久世同學。」

「呃，有。」

「總之，口罩給你。」

「啊，好的。」

政近心情變得有點浮躁，不過在艾莉莎遞出口罩之後就改成正經表情。該怎麼說……感覺像是被她說「戴上口罩啦，髒鬼」。不，艾莉莎絕對不會這麼想。總之政近開始覺得口罩是戀愛喜劇事件的大敵。

（哎，畢竟戴上口罩就不能接吻了……說起來在戀愛喜劇裡，看不見半張臉是相當致命的要素……不對，最近也有女主角是用面具之類的東西完全隱藏長相。

可是啊，那種狀況會利用動漫特有的特效等手法，即使隔著面具也看得出表情，正因如此才可愛，實際有這種人的話應該挺恐怖的。

如果要隱藏長相，與其使用口罩，我個人想提倡以布條包覆眼部的蒙眼作風，不過如果艾莉實際這麼做就完全只有犯罪的味道，真的會一路演變成薄本的劇情，簡直是成何體統……慢著我在想什麼啊？）

政近戴上口罩的時候，阿宅腦莫名過熱失控。他眼神朦朧稍微晃動身體的模樣，使得艾莉莎露出擔心表情。

「久世同學？你還好嗎？」

「對喔，換句話說是隱約洋溢犯罪氣息的悖德感。蒙眼女主角的魅力因而被激發得更上層樓嗎？」

「……看來不太好。」

「……我也這麼認為。」

艾莉莎的眼神像是在看著可憐人，感到尷尬的政近趁著自己繼續胡說八道之前，走向客廳為艾莉莎介紹自家。

「那間是盥洗室，這間是廁所。那間與那間……總之別進去。對面那間是我的房間。然後這裡是客廳。東西放在那邊就好。那個……口渴的話冰箱有水與麥茶，杯子之類的就隨便拿……有什麼想問的嗎？」

「這個嘛……我想到再問，總之你最好趕快躺下來。」
「就這麼辦吧……」
光是像這樣站著就很難受，所以政近聽艾莉莎的話回到自己房間。倒臥在床上，拿起凝事的手機要放到枕邊時……手機微微振動，畫面顯示有希傳來的訊息。
『別妄想艾莉同學蒙眼的樣子喔。』
「妳是超能力者嗎？」
只覺得是被讀心的傳訊時機與內容，使得政近不禁出聲吐槽。接著手機再度振動並顯示新的訊息。
『不是超能力者喔，單純只是愛喔。』
「妳自己這麼說不會害羞嗎？」
『獨自朝著手機吐槽不會害羞嗎？』
「是誰害的啊！話說妳果然在讀我的心吧！」
政近忍不住用力吐槽，竄過喉頭抽搐般的痛楚使他咳了好幾下。
『喉嚨會痛吧？別勉強啊？』
「……」
『話說啊，「超能力者」這個吐槽過氣了吧？這個時代沒在用「超能力者」這種字眼吧？』

政近已經懶得吐槽，稍微粗魯地將手機放在枕邊。

這一瞬間，畫面上顯示『好痛！by手機』這段訊息，政近裝作沒看見。明明不是雙胞胎，這個妹妹卻太會讀哥哥的心了。

（總之，晚點確認有沒有監視攝影機或是竊聽器吧……）

政近暗自下定這個決心，仰躺在床上。

「久世同學？我可以進去嗎？」

「嗯？……啊啊。」

政近瞬間掃視房內，確認沒什麼不方便被看見的東西之後回應。

（沒問題的。少年漫畫常見的床底A書，或是少女漫畫常見往前放倒引人遐想的相框，在我家都找不到。）

如果翻找這個家的壁櫃，或許會發現政近曾經待在周防家的某些證明。不過平常會看見的場所完全沒有這種東西。政近努力不讓這種東西進入自己的視線範圍，所以這也是當然的。

「打擾了。」

略顯顧慮進入房間的艾莉莎手上，拿著政近沒印象的水壺。艾莉莎看起來有點不知道該把視線落在哪裡，戰戰兢兢遞出這個水壺。

「這是加了蜂蜜的紅茶。不介意的話就喝吧？」

「啊啊，謝謝……抱歉，那張桌子的抽屜，應該說櫃子？把那個櫃子拉出來，就會成為邊桌……」

依照政近所說，艾莉莎將書桌的滾輪活動櫃拉出來，移動到床邊之後放上水壺。

「那麼，那個……要吃些什麼嗎？前提是你有力氣吃……」

「啊啊，嗯。話說，用不著這麼緊張啦。」

「但我並不是在緊張……只是有點靜不下心。」

如這番話所示，艾莉莎像是心神不寧般游移視線，【而且有男生的味道……】她輕聲說。

（不要輕聲說這種話！別在說完之後表現出羞答答的模樣！）

艾莉莎像是愈來愈靜不下心，在玩弄髮梢的同時頻頻偷看觀察，使得政近也莫名覺得靜不下心。在不知為何突然洋溢戀愛喜劇氣息的狀況下，艾莉莎害羞開口：

「我想，那個……那麼，稀飯與羅宋湯，你要哪一種？」

「這個二選一是怎樣？」

面對非常極端的這兩個選項，政近忍不住以嚴肅表情吐槽。接著，艾莉莎像是稍微不高興般滔滔不絕地說：

「羅宋湯對身體很好哦？蔬菜燉到軟爛，所以體力不好也容易入口，大蒜與洋蔥會提升免疫力，甜菜有助消化所以對腸胃也很好——」

「啊啊，知道了知道了，不要說得像是鄉下的老奶奶啦……」

「……」

對年輕少女這麼說有點失禮，不過艾莉莎像是語塞般沉默下來。或許真的是從俄羅斯祖母那裡轉述的。

「所以，要選哪種？」

「我想想……那麼難得有這個機會，我選羅宋湯吧……」

「這樣啊。那麼，我想想……大約等我四個小時——」

「誰要等啊？不對，誰有那種美國時間等啊？」

政近在只像是表演搞笑段子的時機點反射性地吐槽。不過艾莉莎眉角下垂，看起來沒有特別要搞笑的意思。

「可是，羅宋湯的材料很多……雖然用壓力鍋可以省時，卻是旁門左道……」

「不，我不知道妳有這種堅持，但是既然這樣的話，那就正常煮稀飯算了。啊，『算了』這種說法很失禮，不過害妳花太多心力，我也過意不去……」

連說話也愈來愈辛苦，政近說到最後降低音量，無力倒臥在床上。
「知道了。那我去做稀飯……廚房借用一下。」
「好～～……」
政近有點自暴自棄般回應，目送艾莉莎的背影。接著，艾莉莎在開門的時候取出手機，皺眉開始輸入某些文字。政近追著她的手指動作……雙眼看向遠方。
「……不對，居然在調查稀飯的製作方法嗎～～？」
在艾莉莎離去的房間裡，響起政近無力的吐槽。
（只是用水或是高湯煮白米，然後加鹽就好吧……？哪裡有失誤的要素啊……）
政近內心是這麼想的。不過……
「原來如此……調味不是用糖，是用鹽啊。說得也是，又不是卡莎。」
失誤的要素可多了。補充一下，「卡莎」是把白米改成燕麥或是蕎麥仁，把高湯改成牛奶，把鹽改成糖的俄羅斯濃粥。
預先查詢完全是對的。一個不小心的話，差點就要出現「嗚噁！妳不小心把鹽用成糖了吧！」「咦？我沒用錯啊？」「咦？」「咦？」這種世間罕見的對話了。
「我看看，使用盒裝白飯的時候……就這麼放進鍋子就好嗎？……啊，必須先微波加熱一次才行。」

艾莉莎單手拿著手機，將買來的盒裝白飯放進微波爐。

「加入足量的水，具體來說是幾公升啊……」

嘴裡對於不清不楚的說明表達不滿，參考好幾份食譜，在鍋子裡裝水。

「啊，飯熱好了……啊，好燙！好燙！」

首先被盒子的熱度嚇到，撕開盒蓋的瞬間又被噴出的蒸氣熱度嚇到。好不容易捏著盒緣拿到鍋子上方，卻因為想早點逃離熱度而慌張傾斜盒子，導致結塊的白飯噗咚掉進水裡，水花飛濺到周圍。而且因為盒子是往自己的方向傾斜，所以連腹部都潑到水了。

「……」

水滴四濺的調理台，溼到有點難以掩飾的衣服。艾莉莎像是凍結般靜靜低頭看著這幅光景……但她忽然慢慢抬起頭，以手帕擦拭衣服與調理台。

「不要緊……穿上圍裙就安全過關了。」

然後她從包包取出圍裙迅速穿上，若無其事繼續下廚。雖然想吐槽哪裡算是安全過關，不過恐怕是以艾莉莎的尊嚴來說安全過關吧。大概。也就是沒被發現就不成問題的意思。

「……剛才噴了多少水出來啊？」

艾莉莎再度為了鍋子的水量稍微苦惱，但還是把水量調整到還不錯的感覺，然後把鍋子放在爐上點火。

「……」

蓋上鍋蓋，等待白飯煮好。等待。等待……

「……這樣就行嗎？是不是忘了什麼……」

閒下來沒事的瞬間，艾莉莎無來由地感到不安。她不經意打開鍋蓋攪拌內容物，也

反覆調查食譜確認哪裡有疏失……

「煮到濃稠，具體來說是什麼程度啊……像是將水完全煮乾之類的，應該有更好懂

的寫法吧？」

然後她再度嘀咕抱怨，好不容易將稀飯製作完成。

「差不多是這樣嗎……？」

鹹度交給政近自己調整，艾莉莎將稀飯盛到碗裡，最後灑上蔥花（花了五分鐘切

蔥）就完成了。她端著稀飯、湯匙與鹽瓶，前往政近的房間。

（為什麼這裡有點凹陷啊……？）

艾莉莎對於門把下方稍微凹陷的部分暗自納悶，出聲知會之後進入房間。

「久世同學？我端稀飯過來了。」

「喔喔……謝謝。」

政近無力躺在床上。聲音有點沙啞，看向艾莉莎的眼神有點朦朧。看到政近和以往不同的虛弱模樣，艾莉莎她……

（好想摸頭安撫他……）

內心單純冒出一股母性。然後她立刻打破腦海浮現的這個想法。踩得粉碎，收集成一小團之後扔到腦海空間的另一頭。在她這麼做的時候，政近緩緩舉起右手，豎起大拇指。

「謝謝妳穿圍裙給我看。」

「……看來你比我想像的還有餘力。」

艾莉莎一邊向遮住嘴巴與臉頰的口罩道謝，一邊露出白眼這麼說，然後踏出停下來的雙腳……她沒察覺口罩沒遮到的耳朵前端變紅，不過政近確實發現了。

「……有力氣吃嗎？」

「唔……還可以。」

政近慢吞吞起身，坐在床邊。稀飯擺在面前之後，政近嫌麻煩般取下口罩，拿起湯匙。

「……不幫我吹涼嗎？」

「要我吹涼嗎？」

「……不，開玩笑的。」

政近嘻皮笑臉開玩笑之後，輕聲說「我開動了」將稀飯送入口中。艾莉莎坐在椅子注視這幅光景，政近在她面前吃一口稀飯之後輕聲說：

「……很好吃喔。」

「這樣啊。」

雖然質疑稀飯是否有好不好吃的問題，總之沒被說難吃就好。

艾莉莎就這麼暫時看著政近吃稀飯，但是別人在吃飯的時候終究不方便一直盯著看，所以她將視線朝向室內。

「……」

看著政近的房間，艾莉莎首先感覺到的是房間比想像中還要乾淨……應該說沒有太多東西。政近公開表示自己是阿宅，艾莉莎還以為他房間應該會有超大的書櫃擺滿漫畫與輕小說，書桌則是排滿模型……但是沒有特別看見這種東西。

確實有漫畫，不過也只是在書桌上堆了幾本。

「……阿宅收藏品在別的房間喔。」

「啊，啊啊，原來如此。」

聽到政近像是看透般輕聲這麼說，艾莉莎尷尬將臉轉向正前方，然後為了改變話題而脫口詢問她在意的一件事。

「那個……你的雙親呢？」

「父親去工作，母親不在了。」

「咦……？」

「啊啊，雖然並不是特別要隱瞞……不過我家是父子單親家庭。」

「啊，原來……如此……」

政近隨口告知的事實，使得艾莉莎不禁亂了方寸。不過政近像是不以為意，有氣無力般說下去：

「並不是天人永隔啊？只是普通的離婚。在這個時代不稀奇。」

「是這樣……嗎……」

大概也是因為感冒倦怠的關係吧。不過看到政近嫌麻煩般說明自己母親的事，艾莉莎不知為何感到落寞。

而且，她後知後覺理解到昨天三方面談是由祖父參加的原因，對於自己的遲鈍略感失望，同時也察覺自己不太清楚政近的事情而錯愕。

（這麼說來……我直到不久之前，連久世同學的生日是哪一天都不知道……）

明明座位已經相鄰一年以上，自己卻連這種事都不知道。而且在得知之前甚至沒察覺自己不知道，使得艾莉莎對自己愈來愈失望。

既然政近沒隱瞞，那麼這些情報……和他一起長大的有希與綾乃當然知道吧。

或許在自己不知道的時候，有希與綾乃曾經在這個冷清的家為政近慶生。艾莉莎想到這裡，一種煩悶的感覺就在胸口擴散。然而，要不是有希今天告知政近感冒，艾莉莎應該會繼續對政近的家務事毫不知情吧。這麼想就覺得或許應該感謝有希……雖然不太能釋懷就是了。

（改天多多和久世同學聊各種話題吧。）

艾莉莎暗自下定這個決心時，政近吃完稀飯了。

「感謝招待……很好吃喔。啊啊，這個紅茶也是。」

「招待不周請見諒……紅茶是瑪夏泡給你喝的，我會幫你轉達謝意。」

「拜託了。」

「那麼……再來要吃藥。啊啊，先換衣服比較好嗎？」

艾莉莎看著被政近汗水弄得皺巴巴的睡衣這麼說，政近隨即以逗趣的態度對她嘻皮笑臉。

「喂喂，擦汗換衣服的事件，必須是女生才叫做養眼畫面耶？」

「別說傻話，快點換衣服吧。我去拿藥與水過來。」

「……遵命。」

「需要熱水與毛巾嗎？」

「不，這就免了。我用這件睡衣擦汗。」

「是嗎……啊，體溫計在哪裡？」

「啊啊，這個的話──」

從政近那裡問出體溫計存放的場所之後，艾莉莎端著用完的餐具走出房間。然後她在流理台清洗餐具，不經意要放到瀝水籃的時候……

「啊……」

她看見籃子裡放著自己前天送給政近的馬克杯。

（他……有在用啊……）

這個事實使得艾莉莎莫名覺得胸口一陣暖意，忍不住拿起這個馬克杯，露出陶醉的笑容……經過約十秒之後驟然回神，連忙將杯子放回原位。視線迅速掃向周圍，確認理所當然沒人看見，然後毫無意義地清了清喉嚨。

藉此平復心情之後，拿著水、藥與各種物品回到政近房間。

「可以進去嗎？」

「……好。」

進房一看，換上新睡衣的政近坐在床邊等待。沒看到脫下來的睡衣，或許是不好意思被她看見剛脫掉的睡衣，所以找地方藏起來了。

「來，這是藥以及貼在額頭的東西……還有體溫計。」

「謝謝。」

政近將溫度計夾在腋下，再搭配白開水服藥。等待片刻之後，溫度計發出聲音。接著政近準備抽出體溫計……像是想到什麼般咧嘴一笑。

「妳覺得是幾度？」

「這種猜謎就免了。」

「唔……哎，算了。好！我猜三十八・四度！」

「……」

「唔！可惜！原來是三十八・六度啊！嗚，咳咳！」

「別做傻事了，去睡吧。」

「咳咳，嗚……遵命。」

剛感覺瀏海被用力往上撥，額頭隨即被貼上一片退熱貼，政近就這麼整個人倒臥在床上。

在床上慢慢調整姿勢，將口罩往上拉到蓋住鼻子，然後放鬆全身。

「……真的很謝謝妳。錢我之後會還，收據留給我吧。」

「不用啦，這種小錢。」

「不，關於錢的問題一定要算清楚才行。」

「好的好的，知道了啦。」

「那麼我再睡一下……所以妳可以先回去了。那個，鑰匙在……」

「不用為我操心沒關係的，我會在客廳念書。」

「不，用不著做到這種程度……」

「病人不用胡亂操心沒關係的。好了，快睡吧。」

「是……」

房間的燈被關掉，政近像是認命般閉上眼睛。此時，原本以為會就這麼離開房間的艾莉莎腳步聲，政近感覺再度接近過來。

（啊啊，是要把體溫計與杯子拿走嗎……）

和政近內心的預測相反，旁邊響起椅子軋軋作響的聲音，緊接著有一隻手放在他胸口，傳來以固定節奏溫柔輕拍的觸感。

「……艾莉小姐？」

「什麼事？」

艾莉莎像是在哄小孩入睡的這個行動，使得政近不由得睜開眼睛，「不對，這樣終究很難為情……」他原本想這麼說……但是看到艾莉莎犀利瞪過來的眼神，就把話語吞回肚子裡了。

「沒事……謝謝妳。各方面都是。」

「不用道謝啦……那個，畢竟總是受到你的幫助……」

「受到幫助的反倒是我吧？」

像是忘記帶東西的時候。政近補充這句之後，再度閉上眼睛。接著，不只是溫柔輕拍胸口的觸感，他也感覺到睡意迅速增加。

「這種事……和你在選戰幫我做的事情相比，完全算不了什麼……而且，除此之外的各方面也……」

「別在意啦……我只是因為想做，才會這麼做。」

政近以睡意來襲而朦朧的意識，像是打斷艾莉莎的話語般說。

這個話題就此結束了。那就睡吧……政近如此心想，但是艾莉莎一反他的預料，又說了幾句話。

「因為想做？這是……什麼意思……」

「啊？妳說什麼……」

「為什麼要幫助我？」

「這種事，因為，我對妳…………」

「……久世同學？」

「……」

艾莉莎在說話。必須回應才行……這個念頭也被睡意的洪流沖走。政近就這麼完全放開意識……的前一剎那，耳際輕聲傳來艾莉莎的呢喃。

「晚安…………政近同學。」

◇

「唔……」

政近再度睜開眼睛的時候，戶外天色已經完全變暗了。

「啊啊……」

大概是藥生效了，感覺和白天比起來好很多。雖然還有點知覺遲鈍、腦袋朦朧的感覺，不過這單純只是睡太多吧。

看向時鐘，已經是晚上八點多。算起來在那之後睡了五個小時以上。考慮到上午睡掉的時間，明顯是睡太多了。

（艾莉她……終究已經回去了……吧？）

政近如此心想，在離開房間之前不經意基於習慣拿起手機，啟動之後的鎖定畫面令他皺眉。

畫面上顯示有希傳來的『請問您今天要來點女僕嗎？』以及『我已經投下火種了ZE☆』兩則訊息。

政近懷著強烈的不祥預感，打開房門……看向毫不相干的方向逃避現實。

之所以這麼做，是因為客廳有兩名美少女靜靜地……真的是靜靜地互瞪。

（原來如此，這就是冷戰嗎？我不知道原來日俄也會爆發冷戰。）

政近逃避現實般思考這種蠢事，不過兩人對開門聲起反應同時搭話，強行將他拖回現實。

「久世同學，你起床也沒問題了嗎？」

「政近大人，您身體狀況如何？」

一人是艾莉莎，另一人是……在學校任其下垂的頭髮如今向後綁緊露出額頭，並且穿上女僕服全副武裝（？）的綾乃。順帶一提，綾乃的女僕服縫滿荷葉邊，感覺完全是秋葉原的風格，但這始終是有希的嗜好，不是周防家的侍女服。

周防家的侍女服更加樸素，也沒有什麼頭飾。這是有希說「我認為應該讓年輕女生穿更可愛的衣服！」直接找祖父談判，附帶「只在沒有訪客的時候」這個條件准許穿用，是有希全力促成的女僕服。

（確實很可愛……但是和這個場合不搭。）

久違看見的綾乃女僕服，使得政近基於各種意義看向遠方感慨。在他這麼做的時候，坐在艾莉莎正對面座位的綾乃無聲無息迅速起身，以武術高手般的動作鑽到政近跟前。

「在下的肩膀給您用，請自便。」

回神一看，綾乃緊貼在政近右側。綾乃左手環抱政近的腰，右手搭在政近胸口。

「不，用不著做到這種程度。」

「請不要勉強自己。」

政近一時之間想要向後退，但是綾乃環抱他腰部的左手迅速使力，身體也用力貼在他的右側。

「綾乃妳冷靜。可以摟住女僕肩膀的人，只限於有奴隸隨侍在側的幕後組織頭目哦？」

「你才要冷靜一點。而且君嶋同學妳就放開他吧。」

「不，這也是女僕的職責。」

「妳不是久世同學的女僕，是有希同學的女僕吧？」

聽到艾莉莎的指摘，綾乃整個人僵住……政近趁機試著悄悄離開她。然而……

「……有希大人命令在下照顧政近大人。所以這是女僕的職責。」

綾乃像是示意「休想逃走！」再度把身體用力貼向政近。艾莉莎眉頭頓時上揚。

「就是這樣，所以在下會接手繼續照顧政近大人。時間很晚了，艾莉莎大人請回吧。這邊會派周防家的車送您回去。」

（喂，這種說法！雖然應該沒有別的意思，不過聽起來只像是在挑釁吧！）

以綾乃的立場，純粹是以「時間很晚了，之後我會接手哦？」的意圖這麼說吧。但她刻意依偎在政近身旁平淡這麼說，難免被臆測隱含「他現在有我，所以妳沒用處了，會幫妳準備車子，所以妳快回去吧？」這種意圖。

實際上，綾乃的話語使得艾莉莎柳眉倒豎，目不轉睛瞪著綾乃。但是綾乃完全不為所動，面無表情回看艾莉莎。

（咦？沒有別的意思……對吧？）

一般來說既然沒有別的意思，綾乃肯定會像是不懂艾莉莎為何瞪她般稍微歪過腦袋吧？咦？難道這是修羅場？是修羅場嗎？

政近內心冒出疑惑，同時有希的「我已經投下火種了ＺＥ☆」這句訊息在腦中復甦。明明是火種卻造成寒氣，這真的是感冒使然嗎？

「而且，艾莉莎大人不是要忙著為明天做準備嗎？」

「……」

綾乃的話語使得艾莉莎眉頭頓時上揚。然而……政近聽不懂她在說什麼。

「明天？發生了什麼事嗎？」

「沒事啊？只是要上學。」

艾莉莎像是搶話般立刻回答，政近因而感覺有點在意……

「……久世同學，你想要誰照顧你？」

不過艾莉莎接著說出的這句話，使得這個小小的疑問飛到九霄雲外。

（這是什麼問題？）

怎麼回答都不夠圓融的這個頂級難題，使得政近在內心慘叫。

（若問我要選哪一邊，綾乃應該比較習慣這種事，一直留住艾莉我也過意不去，所以答案是綾乃。可是啊？艾莉絕對不是想聽這種答案吧……）

無關邏輯。在這種時候，女性想聽的是不含邏輯的真心話。政近很清楚這一點。

（真心話，真心話嗎……）

政近以大概是再度發燒而有點恍神的腦袋，詢問自己的心。自己的願望是什麼？希望誰來照顧……答案自然脫口而出。

「我要求開後宮。」

是個混蛋。就只是個混蛋小子。艾莉莎的眼睛瞬間失去光輝。

「啊，不，剛才是……」

「……」

「遵命。也要找有希大人過來嗎？」

「不准遵命，喂。」

「那麼艾莉莎大人，請您扶著政近大人的左肩。」

「不必了不必了。」

「不用害羞也沒關係啊？在下明白男性會希望有更多的女性服侍。」

「可以不要毫無惡意把我逼入絕境嗎？」

綾乃以不同於艾莉莎的清澈雙眼仰望，政近像是哀號般大喊。緊接著，艾莉莎的深深嘆息聲傳入耳中，政近身體一顫。

「……既然可以叫得這麼大聲，看來沒問題了。」

「艾……艾莉小姐？」

「我要回去。啊啊，廚房有羅宋湯，請當成晚餐吃吧？」

「羅……羅宋湯？啊啊，這個香味就是嗎？」

客廳飄著某種似曾相識的味道，引得政近掃視。艾莉莎像是肯定般默默點頭，然後整理隨身物品準備走出客廳。

「綾……綾乃？我這樣真的不太好走路，可以離開我嗎？」

「……遵命。」

政近好不容易讓綾乃離開，追在艾莉莎身後。在玄關追到她之後，下垂眉角向艾莉莎道歉。

「總覺得對不起。妳明明難得過來卻變成這種感覺……不過，妳真的幫了大忙。謝謝。」

聽到政近道謝，艾莉莎放鬆表情。

「沒關係的……因為我也只是因為想做才會這麼做。」

「……嗯？我『也』？」

「……別在意。」

艾莉莎從略感不解的政近身上移開視線，看向站在他斜後方的綾乃。

「那麼，久世同學就拜託妳哦？」

「好的，請交給在下。」

綾乃行禮之後，艾莉莎輕輕點頭，再度看向政近。

「？」

艾莉莎的雙眼。像是下定某個決心，令人感受到堅定意志的這雙眼睛，使得政近歪過腦袋。

「艾莉？」

「那麼久世同學，再見。」

「啊，喔喔……再見。」

不過，艾莉莎沒回應政近隱含疑問的這聲叫喚，一個轉身推開玄關大門，走到門外離開了。

政近懷著不明就裡的心情目送，不過綾乃從背後悄然向前關上大門，鎖門的聲音斬斷了政近的掛念。

「還好嗎？在下還是扶著您吧？」

「不，免了。」

看到政近呆呆站在原地，綾乃不知道想到什麼再度接近過去，引得政近後退。

「話說，剛才有東西抵到我的腿……妳的口袋有放什麼東西嗎？」

然後，他不得已摸著自己大腿外側這麼問。綾乃隨即完全停止動作，緩緩歪過腦袋之後，像是突然想到什麼般眨眼。

「啊啊，那是……」

接著綾乃不知道在想什麼，突然抓住女僕服的裙襬，絲毫不顯猶豫輕輕掀起。

「等等，妳做什麼──？」

在不禁瞠目結舌的政近面前，包裹著白色過膝襪的綾乃膝蓋外露，而且上方毫無遮蔽的大腿……也……？

「那是什麼？」

看見纏在綾乃大腿的物體，政近表情變得正經。

不過也在所難免。因為綾乃的大腿分別綁著兩條像是黑色皮帶的東西，而且皮帶整齊插著像是銀筆的物體。

「是武器。」

「那是什麼！」

政近半哀號地大喊，綾乃當著他的面，像是撥開裙子般帥氣舉起右手。裙襬亮麗翻動。迷人的絕對領域若隱若現。

任何男人都會被吸引目光的這幅光景，使得政近不由得睜大雙眼……綾乃的右手筆直伸到他面前。

「是武器。」

「不，就說了那是什麼？」

夾在綾乃手指之間的，是三根前端異常尖銳，筆身泛著金屬色澤的自動鉛筆。要是狠狠朝著脖子之類的部位插下去，確實可以發揮十足的殺傷力吧……但是為什麼要把這種東西藏在裙子底下？

「依照有希大人的說法……這樣才『讚』。」

「嗯，我就知道。」

「女僕服是戰鬥服，所以必須隨時都能維持應戰態勢……」

「這樣啊。搞不懂那傢伙打算和誰戰鬥。」

政近已經進入死心的境地，不再繼續吐槽，回到客廳。

「您有食慾嗎？艾莉莎大人為您準備了羅宋湯……」

「啊啊，那就給我吃那個吧？」

「遵命。那麼請稍候。」

政近坐在椅子上，量體溫等待一陣子之後，傳來一陣恰到好處的香味。

「讓您久等了。還在發燒嗎？」

「是啊……三十七．四度。總之好很多了。」

「那太好了……請用，在下重新熱過了。」

「謝謝。」

政近拿起湯匙看向盤子，盤裡的深紅色熱湯正是羅宋湯的感覺。大概是為病人著想，裡面好像沒有肉，只以蔬菜燉煮而成。

「那麼……我開動了。」

總之只舀起湯送入口中，強烈的酸味立刻刺激舌頭。不過蔬菜的甘甜緊接著擴散開來，感覺因為感冒而失靈的味覺急速回復。

「好好喝……」

食慾一下子被刺激，政近接著以湯匙舀起配料。每種蔬菜都經過慢火燉煮，幾乎不用咬就在口中化開。高麗菜與洋蔥好甜，甜菜也幾乎吃不出土味。

（記得童年在爺爺家吃的時候，我不喜歡那種土味……爺爺笑著說就是有這個味道才棒，不過我絕對比較喜歡現在這種。）

政近專心一直吃，回神才發現自己把端上桌的份吃得乾乾淨淨。

「鍋子裡還剩一些……您意下如何？」

「……那就給我吧？」

然後就這麼把剩下的也吃光。政近自己也沒想到吃得下這麼多，嚇了一跳。

「我吃飽了……要感謝艾莉才行。」

記得艾莉莎自己說過，做這道料理要花四小時左右。她為了政近投注這麼多的心力與時間，政近內心只有滿滿的謝意。

「呼……」

用完餐之後，政近再度不知為何開始恍神。不知道是因為吃飽了，還是因為又開始發燒……

「政近大人，請吃藥。」

「喔喔，謝啦。」

吃下綾乃給的藥之後，政近站起來想去躺平。他制止想要攙扶的綾乃，慢慢走回自己房間躺在床上。

「唔，呼啊～～……」

「政近大人，請問洗澡怎麼辦？」

「唔～～今天就不用了吧……」

「那麼，在下至少為您擦個身體吧。」

「我還是至少沖個澡吧，嗯。」

看見綾乃以充滿幹勁的眼神握拳，政近立刻撤回前言。他不經意覺得要是把自己交給現在這個狀態的綾乃，事情會演變得非常不妙。

「那麼，在下為您刷背——」

「免了免了。」

「沒問題的。在下會好好蒙上眼睛。」

「居然在這時候回收蒙眼的伏筆？不，蒙眼洗身體只會讓我有不祥的預感。」

「那麼……就別蒙眼吧。」

「這只會讓我有下流的預感。」

「請放心。在下身為隨從願意發誓，絕對不會以猥褻的目光看待政近大人。」

「這是哪門子的宣言？欸，這是哪門子的宣言？」

「如果背誓，在下的身體任憑處置……」

「沉重沉重太沉重了！」

後來綾乃也用盡各種方式想照顧政近，政近拚命阻止，在完成就寢準備的時候，基於各方面的意義精疲力盡。

「那麼政近大人……晚安。」

「喔喔……晚安～～」

綾乃隱約散發不甚滿足的氣息，政近假裝沒察覺，向她輕輕搖手。

「還是陪您一起睡吧……」

「就說會傳染感冒所以不用了。」

「至少唱首搖籃曲……」

「免了免了。」

真的不用嗎？真的嗎？綾乃像是這麼問般遲遲不肯關門。看到這個女僕從稍微開啟的門縫目不轉睛注視過來，政近輕輕嘆口氣，稍微讓視線變得犀利。

「綾乃。」

「！是，請問有何吩咐？」

果然要嗎？要唱搖籃曲吧？綾乃就像這樣以閃亮的眼神開門，政近加重語氣對她這麼說：

「這是命令。妳也去有希的房間好好睡吧。」

「！遵命。晚安。」

政近說出「命令」這兩個字的瞬間，綾乃身體一顫，立刻鞠躬關上門。

「……早知道一開始這麼做就好了……」

政近一邊苦笑，一邊趁著睡前拿起手機，隨即看到有希傳來的訊息寫著「女子戰爭

第一回合：綾乃VS艾莉同學　綾乃獲勝」。

「不對，居然會有第二回合嗎……」

政近輕聲吐槽之後，放下手機翻身。

想說剛才睡那麼久所以應該很難入睡，睡意卻意外地迅速降臨。政近沒有抵抗，慢慢落入夢鄉。

……是的，睡著了。從艾莉莎的態度感受到的不對勁，政近就這麼置之不理。有希那些訊息隱藏的意義，他也沒有深思。

等到政近察覺這件事的時候，一切都已經結束……一切都為時已晚了。

第7話

看來是5M

隔天，政近醒來的時候，已經是十一點多了。

「真的假的……終究睡太多了吧？反倒該說我居然能睡這麼久。」

即使平常因為長期睡眠不足欠下睡眠債造成財政破綻，睡了將近半天也明顯睡太多了。要是包含昨天白天睡的時間，林林總總加起來幾乎睡掉一整天。身體睡這麼久反而又累又沉重。甚至不確定腦袋與身體的倦怠感是來自感冒還是睡太久。

「話說現在這樣，不就變成蹺課了……」

沒告知請假就倒頭大睡，政近內心猛然冒出一股慌張與冷汗。不過隨後響起的敲門聲強制中斷他的思考。

「政近大人，您醒了嗎？」

「啊，啊啊……」

聽到熟悉的聲音，政近隨著困惑心情回應，進房的是身穿女僕服的綾乃。

戴著頭飾的她在腹部前方交疊雙手，擺出令人著迷的美麗姿勢，輕輕行禮致意。

「早安，政近大人。」

「喔喔，早安……連妳也向學校請假嗎？」

「是的。因為比起發還考卷，照顧生病的政近大人重要得多。政近大人缺席的事宜，也已經由知久大人通知校方，請放心。」

「由爺爺通知……原來如此。」

政近鬆一口氣的時候，綾乃視線掃過他全身，然後遞出體溫計。

「政近大人，請用。」

「啊啊，謝謝。」

「請問身體狀況怎麼樣了？」

「舒服多了……我原本是這麼想的，不過現在是睡太久所以身體好累……還有，喉嚨還是會痛。但我想這也是因為一直睡覺沒喝水吧。」

「……這樣啊。」

進行身體狀況的各種問答時，體溫計響了，所以政近拿出來確認體溫。

「三十六．七度。總之幾乎是正常體溫吧。」

「那太好了。屬下想準備餐點，請問您要吃稀飯還是烏龍麵？」

「那麼，烏龍麵吧。」

「遵命。」

政近向綾乃的貼心表達謝意，洗手漱口再淋浴把汗水沖乾淨之後，換上居家服回到客廳。

綾乃準備的烏龍麵湯頭夠味，使得政近食指大動，輕鬆解決一碗半的份。在這個時候，身體的倦怠感也終於開始消退。

「呼……感謝招待。」

「招待不周請見諒。看來食慾也完全回復了。」

「是啊，已經幾乎回復了。喉嚨痛也多少好了一些。」

「在下放心了。不過為了以防萬一，今天請好好休息吧。」

「啊啊，反正學校也已經放學了……」

看向時鐘，時間是十二點三十五分。平常這時候是午休時間，不過只上半天課的現在已經放學。明天學生會成員要進行結業典禮的準備，不過今天學生會沒什麼特別的事情要忙。

「政近大人，請吃藥。」

「啊啊，謝謝……？」

政近在腦中確認行程的時候，綾乃遞出藥與水，政近見狀覺得某些事情不對勁。

（嗯？怎麼了？什麼事情不對勁？）

有一種細微的突兀感。就像是明明有某個重要的事實位於該處卻沒察覺。不過政近的本能警告他不能無視於這股突兀感。

（……藥丸嗎？）

政近定睛注視綾乃手心上的藥丸，覺得似乎明白突兀感的真面目了。昨天發燒恍神所以沒有特別留意，但他對這種藥丸有印象。

「政近大人，請問怎麼了嗎？」

微微歪過腦袋的綾乃，和往常一樣面無表情。不過總覺得她看起來有點緊張……政近注視著她的雙眼靜靜開口：

「綾乃，把這個藥的包裝盒拿給我看。」

「……」

沒有明顯做出慌張的反應，卻也沒有立刻回應。綾乃展現的無言躊躇，使得政近內心更加起疑。

「綾乃。」

「……遵命。」

政近這麼一叫，綾乃像是認命般閉上雙眼，拿藥的包裝盒過來。看到商品名稱以及包裝背面的成分表，政近伴隨著確信抬起頭。

「綾乃……這個藥，以我的體質來說會嗜睡吧？」

「……是的。」

綾乃的肯定使得政近理解了。難怪自己會睡太久。因為不是單純的睡眠不足，是因為感冒藥的副作用而嗜睡。

疑問解開了。只不過是艾莉莎買來的藥和政近的體質不合。但他在意的是……綾乃為什麼明知如此還讓他吃這個藥？追根究柢，這個藥是「誰選的」？

「綾乃，妳早就知道這個藥會讓我嗜睡吧？為什麼連一句忠告都沒對我說？」

「……」

面對政近的追究，綾乃沒回答……而是以行雲流水的動作當場跪下磕頭。

「非常抱歉。」

「……」

「將體質不合的藥拿給主人政近大人服用，是天理不容的行為。在下甘願接受任何懲罰。」

綾乃在地毯上表演漂亮的跪地磕頭動作，政近靜靜發問：

「綾乃……指示艾莉買這種藥的人，是有希嗎？」

「……」

回給政近的是沉默的肯定。不能出賣有希這個主人，也不能欺騙政近這個主人，所以沉默。

「有希有什麼企圖？假設她想讓我今天請假不上學，那她的目的是什麼？」

「……」

面對政近的詢問，綾乃只是堅持保持沉默。她為了主人而下定決心將罪過攬在自己身上的這副模樣，使得政近輕輕嘆氣，稍微放緩語氣溫柔開口：

「綾乃。」

「是。」

「如果妳誠實說出一切，今天我就全面交給妳照顧。我完全不會插嘴，任憑妳照顧我這個病人。」

「唔！不……不行……在下不能敗給這種誘惑。」

「不對，我可沒有誘惑妳的意思啊？」

即使背部猛然顫抖，綾乃依然維持跪地磕頭的姿勢退回提案。有點脫線的這個反應使得政近搔了搔腦袋，自暴自棄般說下去：

「那麼～～這樣吧。如果妳誠實說出一切，我就會罵『出賣主人是怎麼回事啊，妳這個人渣』狠狠唾棄妳。」

「咦？」

「喂，妳這傢伙剛才稍微動搖了吧？」

「！不，沒這回事。」

「少騙人了。妳剛才做出今年最頂尖的反應喔。好久沒聽到妳那種聲音了。」

綾乃以充滿驚訝與期待的眼神迅速抬頭，立刻游移視線回復為跪地磕頭的姿勢，政近賞了她一個白眼。

接著，綾乃稍微抬頭，戰戰兢兢地開口：

「那個，政近大人……」

「……什麼事？」

「順便請教一下……您剛才說的唾棄，難道是會踩著頭進行嗎？」

「……妳想被踩嗎？」

「不，只是覺得以相對位置來說或許如此。眼前就是政近大人的赤腳，在下想說或許是這麼一回事所以為求謹慎確認一下，如此而已。」

「不准轉移焦點，回答我的問題。妳想被踩嗎？」

「……」

「不說話了嗎～～」

看著綾乃以反常的流利口條迅速辯解，然後以沉默肯定，政近忍不住看向窗外遠處。嗯～～天氣真好。戶外好耀眼啊～～

政近這麼做有一半是開玩笑，另一半是想驗證綾乃的M疑惑……不過她的反應遠遠超過預料。看來這個兒時玩伴不是M，是斗M。無口無音無表情M女僕。全部加起來有5M耶太棒了！（註：日文的「無」發音為「mu」，「女僕」為「meido」。）

「唉……」

政近頭痛般按著額頭嘆氣，然後站起來走向自己房間。

「我要去學校。我不會因為這種事就責備妳，所以快點站起來吧。」

「不，這可不行。犯罪就應該接受懲罰。」

「那麼在我去學校的這段時間，妳徹底打掃這個家吧。這就是給妳的懲罰。」

「……是，在下遵命。」

然後綾乃終於站起來，以擔心的眼神看向政近。

「您真的要去學校嗎？休息比較好吧……」

「已經退燒了，沒問題。」

「至少為您準備車子吧？」

「比起調度車輛，用走的比較快吧？」

「可是，您康復沒多久就在這種大熱天……而且，那個……」

「什麼事？」

對於政近的詢問，綾乃猶豫般讓視線游移，難以啟齒般開口：

「無論如何，現在趕過去的話……應該來不及了。」

「……什麼？」

◇

綾乃的不祥話語使得政近被焦躁感驅使，以最快的速度做好準備，不顧綾乃的阻止前往學校。

在酷熱陽光的照耀下，鞭打著感冒初癒沒多久的身體奔跑。就這樣抵達學校的時候，已經是下午一點出頭。

零星走出正門的學生們，應該是剛剛在學校餐廳吃完午餐吧。只上半天課卻有點晚放學的學生們朝政近投以疑惑的視線，政近像是和他們逆流而上般跑向校舍。

「艾莉、有希……在哪裡？」

政近氣喘吁吁換穿室內鞋，思考要往哪裡走，總之決定依照教室↓學生會室的順序找。

將緊貼在喉嚨的黏稠液體吞下肚，快步前往教室。

此時，從正前方走過來的三名男學生，傳來像是熱烈討論的說話聲。

「哎呀～～千金小姐果然厲害。雖然早就知道了，不過口才截然不同。」

「艾莉公主好像也很努力耶～～不過等級果然不一樣。」

「看完上次討論會的時候，原本覺得九条同學也很優秀……不過看來完全沒有臨場發揮的能力。她在討論會應該只是照著稿子演講吧？」

「啊～～或許喔～～」

「我懂。」

專心聊天的三人組似乎沒察覺政近，和他們擦身而過的政近再度覺得焦躁感逐漸加重。

（怎麼回事？口才？難道是討論會？不，在這麼短的時間舉行討論會終究是不可能才對……）

情報還不足以導出答案。然而即使不清楚細節，政近也理解到有希設下了某個圈套，結果導致她和艾莉莎之間定下了優劣順位。

（可惡，我太大意了！認定在結業典禮之前應該不會發生任何事……沒想到居然在這個時間點設局！）

咬牙切齒責備自身疏失的政近，窺視自己的教室……然後發現艾莉莎獨自坐在自己的座位。

「艾莉……」

政近打開教室的門，凝視桌面的艾莉莎稍微抬頭，認出政近之後睜大雙眼。

「久世同學……？為什麼……！」

「……我聽綾乃說，有希設下了某個圈套。」

「這樣啊……身體不要緊嗎？」

「退燒了所以沒問題。不提這個……發生了什麼事？」

政近坐在自己座位和艾莉莎面對面，艾莉莎隨即咬著嘴唇低頭。

「……對不起。」

「艾莉？」

「我失敗了。明明你難得願意協助，我卻……！」

「冷靜下來。冷靜之後說明發生了什麼事。」

艾莉莎放在膝蓋上握緊的雙手頻頻顫抖，擠出充滿後悔的聲音。政近溫柔安撫之後，艾莉莎慢慢說起先前發生的事。

◇

這是昨天早上開班會之前的事。艾莉莎被來到一年B班教室的有希叫出去，在學生會室和有希面對面。

「艾莉同學，雖然很突然，不過今天可以請妳幫忙送藥到政近同學家嗎？」

有希突如其來的要求使得艾莉莎感到困惑。但是有希沒特別在意，為難般按著臉頰繼續說：

「其實政近同學好像感冒發燒動彈不得了。」

「咦，是嗎？」

「是的。原本我想過去探望，不巧的是剛好有事……所以我在想，是否可以拜託他的選戰搭檔艾莉同學幫這個忙。」

「這樣啊……總之，可以啊？」

有希前來拜託關於政近的事，艾莉莎多少覺得不對勁，卻也不想在這時候拒絕之後聽有希說「那麼還是由我去……」這種話，所以決定接受這個委託。接著，有希像是早就料到這個結果般，從口袋取出一張字條。

「太好了。那麼，這裡寫著政近同學平常會吃的感冒藥以及他家的地址，那就拜託妳哦？」

「好的。」

有希知道艾莉莎不知道的政近情報，艾莉莎對此再度感覺不對勁，接過字條。

「那麼，我放學後過去看看。」

艾莉莎說完準備回去教室，但是此時有希叫住她。

「啊啊，請等一下。其實還有另一件事。」

「嗯？什麼事？」

「艾莉同學，方便的話，明天中午的校內廣播，可以邀請妳擔任特別來賓嗎？」

「咦？」

艾莉莎不知所措，有希雙手交握露出微笑。

「妳知道我身為學生會公關，隔週會利用中午的校內廣播，進行學生會的活動報告吧？機會難得，我想在明天聊一下上上週的討論會，所以想請當事人艾莉同學以嘉賓身分參加……」

「咦，明天……？」

「是的。對於艾莉同學來說，也是讓更多學生記住討論會那場勝利的好機會吧？妳想想，像是運動賽事也會訪問勝利者吧？」

「也是啦……」

艾莉莎舉棋不定。因為關於那件事，她一直猶豫自己是否可以觸及。

討論會對沙也加造成的負面評價，因為政近與乃乃亞的努力而平息。某些人似乎也對設下暗樁的乃乃亞抱持批判意見，不過既然乃乃亞本人也完全不在意，艾莉莎在這方面就無法多做什麼。

（明明久世同學與宮前同學好不容易收拾事態……我這樣暗中攪局沒問題嗎？）

雖然原本就不打算宣告勝利，但是如果被說成是無效比賽，艾莉莎就某方面來說不以為然。這樣不就真的變成政近所說「勝者憐憫敗者並且伸出援手的行為」嗎？

（是的……果然不要貿然多嘴比較好。）

說到人際關係的經營，政近與乃乃亞比我高明許多。他們兩人打造的現狀，不應該被我的膚淺想法擾亂。

艾莉莎如此判斷，向有希說出自己的想法。

「……不好意思，我不認為自己在討論會獲勝，沒特別想進行勝利者的訪問，如今也不想重提那件事。」

「哎呀，是這樣嗎？」

「是的。」

艾莉莎點頭之後，有希像是感到意外般歪過腦袋，然後微微一笑。

「那麼，不提討論會的話題，直接請妳擔任來賓怎麼樣？」

「咦？」

「畢竟這是第一學期最後的活動報告，我覺得稍微有個特別節目也不錯。對吧？可以吧？」

「呃，嗯……也對。既然這樣的話……」

「哇啊，謝謝妳！」

有希在面前合起雙手央求，艾莉莎不禁答應了。有希露出純真笑容發出喜悅的聲音，然後忽然壓低音調開口：

「話說回來……從這個樣子來看，艾莉同學與政近同學真的想把討論會的那場勝利作廢耶。」

「！妳居然知道這件事……」

「我知道喔。最近傳出乃乃亞同學在討論會犯規的傳聞。我在沒人闢謠的時間點就猜到了。因為如果政近同學真的執著於在討論會獲勝的這個事實，肯定會更巧妙操作情報。」

「……」

完全被有希看透，艾莉莎頗為慌張。有希像是乘虛而入般突然換成另一種笑容。

「呵呵，真是的……『艾莉莎小姐』還真是老神在在耶？居然主動放棄在討論會的那場勝利……妳真的自以為贏得了我嗎？」

「什……麼……？」

有希身披的氣息改變，完美淑女的臉蛋後方露出完全不一樣的臉孔。看著有希露出前所未見的懾人笑容，艾莉莎睜大雙眼。

「而且啊，居然毫不提防就若無其事進入我的主場……是不是太粗心大意了？這麼過於缺乏戒心，呵呵，不就害我忍不住給妳這個忠告了？」

有希像是打從心底覺得滑稽般掛著笑容，描繪弧度的雙眼深處冷酷注視艾莉莎。

即使從這張令人生畏的笑容感到一陣寒意，艾莉莎還是努力讓頭腦運作。

然後她察覺了。不能被「擔任來賓」這種字眼欺騙。這是……利用校內廣播進行口才對決的邀請。

「終於察覺了？呵呵，不可以誤以為是朋友的邀請而掉以輕心哦？因為這是選戰對手的邀請……我趁著政近同學請病假找妳談事情的時間點，妳就應該更加提防。」

「難道……妳是故意的？」

「是的。妳依賴的軍師不在身旁，我想利用這個好機會儘可能把妳打趴。」

有希掛著同一張笑容，隨口說出這種卑鄙的話語。看見朋友的這副模樣，艾莉莎受到不小的打擊，但還是勉強激起反抗心。

「換句話說……妳認為如果只有我一個人，在妳的主場只能任憑宰割？」

「算是吧。雖然也不需要特地像這樣忠告……不過如果只有妳一個人，就不必使用暗算的手段。而且……」

有希說到這裡暫時停頓，以嘲笑般的眼神仰望艾莉莎。

「面對面被下戰書，並且面對面被打敗的話，比較沒辦法找藉口吧？」

「唔！……我真的是被妳看扁了。」

「哎呀哎呀，在現在這個時間點完全被我玩弄於手掌心的妳，說這種話也沒什麼說服力……對吧？」

「！」

有希像是激將法的話語，使得艾莉莎完全切換意識。現在位於面前的不是在學生會共事的朋友。是在選戰必須打倒的敵人。

大概是感受到艾莉莎的意識變化，有希終於不再隱藏，嘴角露出不懷好意的笑容這麼說：

「啊啊，妳當然可以去依賴政近同學哦？今天剛好要拿藥給他，妳就順便借用他的智慧吧。」

……艾莉莎知道有希在挑釁。不過如果聽她這麼說完還是去依賴政近，艾莉莎的自尊不會原諒自己。

「不需要。久世同學現在病倒，我絕對不會做出增加他負擔的事。」

「哎呀是嗎？用不著勉強自己也沒關係啊？」

有希的這句話以及她的雙眼，明顯表示「妳一個人什麼都做不來，所以趕快去哭求政近吧」的意思，艾莉莎對此終究也沉不住氣了。

「呵，呵呵，我才要問有希同學……妳沒有久世同學的協助沒問題嗎？」

艾莉莎言外之意指摘「妳也一樣很依賴久世同學吧？」，但是有希不為所動。

「是的，那當然。我才要說艾莉莎小姐，期待妳的精彩表現足以配得上『孤傲的公主大人』這個名號哦？」

「唔！我絕對……不會輸……！」

艾莉莎展露鬥志瞪向有希，有希從容不迫對她一笑。

「呵呵，期待明天的到來。」

就這樣，同為「當屆校花」的兩人突然要直接對決。而且在這之後，艾莉莎為了和有希對決而進行準備。

事先檢視投書箱的內容，預測哪個意見會被廣播節目採用。不只如此，在照顧政近的時候儘可能回憶有希以前的活動報告，仔細模擬到時候會進行何種對話。

然後……今天的放學後。艾莉莎在一天之內竭盡所能擬定好對策，前往廣播室。

「打擾了。」

敲門進入廣播室一看，有希已經先在裡面等了。

「午安，『艾莉同學』。妳來得真早。」

「……嗯，今天請多指教。」

「這邊才要請妳多多指教。」

有希改回原本的稱呼方式，艾莉莎對此稍微揚起眉角，但她沒有放鬆鬥志，坐在有希旁邊的座位。

不過……此時發生了完全超乎艾莉莎預料的事態。

「距離廣播時刻還有一段時間……艾莉同學。」

「什麼事？」

「對不起。」

有希突然向艾莉莎深深低下頭。有希的意外行動使得艾莉莎睜大雙眼。

「這是在……道歉什麼事？」

「為我昨天向妳採取的態度道歉。」

有希就這麼深深低著頭，以透露後悔心情的聲音說明：

「以我個人的立場，艾莉同學是我重要的朋友，以這種像是暗算的形式向妳下戰書，我實在過意不去……為了斬斷自己的這份迷惘，我才會採取過度攻擊性的態度。昨天我在家裡重新回想自己當時的態度，並且反省過了。」

「……」

「我知道這是自私的想法……可是，我不想失去和艾莉同學的友情。可以……請妳原諒我嗎？」

「好……好了啦……抬起頭吧？」

艾莉莎感覺不自在而這麼說，有希隨即稍微抬頭觀察艾莉莎。

「意思是……妳願意原諒我嗎？」

「唔，嗯……這件事就算了。這也代表妳當時多麼認真對吧？」

「謝謝妳！啊啊，太好了～～」

老實說，艾莉莎內心也不是沒有「事到如今說這什麼話」的想法。但是看見有希抬頭露出打從心底安心的笑容之後……她再也說不出任何話。有希如同去除內心芥蒂般鬆了口氣，使得艾莉莎也自然淺淺一笑。

「真的很對不起……不過，雖然聽起來只是藉口……但我有一個無論如何都必須打贏會長選舉的理由。」

有希在胸前用力握拳，面色凝重地這麼說。心裡對這個理由有底的艾莉莎，伴隨著些許的同情心，幾乎是反射性地發問：

「妳說的理由是……家人要妳成為學生會長嗎？」

這是有希剛加入學生會時說過的事。當時艾莉莎心想「畢竟家家有本難唸的經，被家人施加這種壓力感覺挺辛苦的」，把一半的內容當成耳邊風，不過……

「總之，這也是原因之一……」

有希像是猶豫該如何開口般游移視線，然後直視艾莉莎的雙眼說：

「我曾經有一位哥哥。」

「咦？」

至今聽聞是獨生女的有希出乎意料如此告白，艾莉莎冷不防大吃一驚。有希從睜大雙眼的艾莉莎那裡移開視線，以看著遠方某處般的眼神滔滔不絕說下去。

「哥哥比我這種人優秀得多……父母與祖父都對哥哥抱持莫大的期待，確信哥哥會成為周防家出色的接班人……我也非常尊敬這樣的哥哥。」

那雙溫柔的眼神，大概是在懷念那段珍貴的往事吧。有希原本以柔和表情說明哥哥的事，卻在這時候突然收起表情。

「可是，他已經不在了。」

「咦——」

有希的驟變以及這句話語，使得艾莉莎啞口無言。「不在了」的意思是……換句話說……

「所以，我不能輸。」

有希筆直注視語塞的艾莉莎雙眼這麼說。這句話不容分說刺入艾莉莎的心。

「為了代替如今已經不在的哥哥……我必須回應家人的期待。因為這是……留下來的我應負的使命。」

「……」

有希以感覺得到強烈使命感與堅定意志的聲音，堂堂正正地如此宣告，接著忽然放鬆表情。

「……沒有啦，家家有本難唸的經，所以就算這麼說也沒用吧？不好意思，對妳說了這種話。」

有希像是說了無謂的事情般垂下眉角一笑，並且再度低下頭。
「啊，嗯……我不在意就是了。」
亂了步調的艾莉莎以飄忽不定的眼神回應之後，有希露出軟弱的笑容抬起頭，像是要切換心情般發出開朗的聲音。
「啊啊！時間差不多了。艾莉同學，準備好了嗎？」
「……嗯。」
別說什麼準備，現在艾莉莎腦中無暇想任何事。她連自己接下來正要做什麼都忘得一乾二淨，就這麼半無自覺重新面向麥克風。此時有希對她開口了。
「這麼說來……妳又如何呢？」
「咦？」
朝著慌亂至極的艾莉莎內心，給予致命一擊的話語。
「艾莉同學，妳為什麼想當學生會長？」
這個問題，使得艾莉莎腦袋變得一片空白。
昔日政近問同一個問題的時候，艾莉莎毫不猶豫就回答了。因為想當所以想當。然而在聽過有希隱情的現在，感覺自己的這種動機非常微不足道……
「啊啊，時間到了。那麼艾莉同學，我們開始吧。」

「啊，呃，好的。」

艾莉莎反射性地回應之後，在腦中一角朦朧思考要做什麼……然後回想起來了。然而在回想起來的時候，麥克風已經打開電源開始廣播。

「各位午安。現在是隔週播放的學生會活動報告時間。今天也由我——學生會公關的周防有希，向各位報告這兩週的學生會活動。話說，今天是第一學期的最後一次廣播，所以邀請到一位美妙的來賓。可以請妳問候一下大家嗎？」

聆聽有希流利的主持聽到入神時，輪到自己開口了。一旁的有希視線看向這裡，艾莉莎連忙面向麥克風……但是預先準備的問候話語完全從腦中飛到九霄雲外。

「啊，我是九条艾莉莎。啊，我是學生會會計的……那個，今天請多指教？」

結果從她口中說出的是結巴無比的問候語。說完之後，她害羞到背部猛然升溫。

「哎呀哎呀，艾莉同學好像有點緊張。沒問題的！因為今天沒什麼人在聽！但我不應該自己這麼說吧？」

此時有希立刻幫忙打圓場，艾莉莎知道不只是背部，連臉頰也變得火熱。

（振作一點！我要戰勝有希同學吧！怎麼可以讓她幫忙打圓場！）

即使她如此拚命激勵自己……直到數分鐘前對於有希的那股鬥志，如今也已經消失殆盡。

（居然說要戰勝……為什麼？說起來，我為什麼……）

為什麼想當學生會長？肯定有。肯定有某個甚至不輸有希，只屬於自己的理由。

（不對！不是這樣，現在要專心進行當下的廣播節目……那個，我想想……）

艾莉莎知道當下的廣播節目很重要。但是現在滿腦子更被有希的問題占據，根本無計可施。

為什麼想當學生會長？如果無法光明正大挺胸回答這個問題，自己絕對贏不了有希。像是強迫觀念的這個想法，逐漸將艾莉莎逼入絕境。

「——就是這麼回事～～艾莉同學認為呢？」

「咦？這……這個嘛……那個……」

然而在她慌亂的時候，廣播節目也繼續進行，愈是焦急，思緒就愈是打結，沒能好好把話說出口——

◇

「後來……簡直是一團亂。沒能整理思緒，也沒空重振精神，只能一直被玩弄在手掌心……就這麼完全無法隨自己的意思開口，最後甚至得靠有希同學打圓場……」

艾莉莎以苦悶與自嘲交加的聲音說完，珍珠般的潔白牙齒咬緊到極限。政近默默看著她這副模樣，在內心低語。

（真是狠毒……）

政近聽完艾莉莎說明之後，首先冒出的是這個感想。有希向艾莉莎進行的精神攻擊如此狠毒，即使是政近也只能繃緊臉頰。

下戰書時儘可能表現出反派作風，將艾莉莎的反抗心與鬥志激發到破表。然後到了當天即將對決的時候搖身一變，表現得像是要引起同情，從根部重挫艾莉莎高漲至極的鬥志。

不只如此，有希用計將艾莉莎對她的鬥志轉變為挑戰校內廣播的動力，甚至提出「我是背負著家人的期待而戰，至於妳呢？」這個狡猾的問題，準備得非常用心。艾莉莎的個性原本就是正經又率直，因而完全中了有希的圈套。

不幸中的大幸，在於艾莉莎過於率直，沒察覺自己上了有希的當。

艾莉莎的朋友已經很少了，要是她得知有希今天的言行（不過對於有希來說應該是真心話吧）是基於正確的計算而設下的局，艾莉莎或許會變得不太相信他人。

（不對……艾莉莎不會察覺這件事，這也在有希的計算之中嗎……）

藉由打圓場維持和艾莉莎的友情，同時也打擊艾莉莎的內心。這個妹妹的作戰周全到恐怖的程度。

「我不甘心……」

像是擠出來的這個聲音傳入耳中，政近將注意力朝向前方，艾莉莎如她自己所說面有慍色，握拳顫抖並且咬牙切齒的光景映入政近眼簾。

「那麼輕易就亂了陣腳……自己主動接受挑戰，結果卻一事無成——」

「好啦～～停止吧。妳的想法朝著不妙的方向在走喔～～」

政近雙手一拍這麼說完，艾莉莎稍微抬頭看向政近。

「……不妙的方向？」

「我的意思是妳中了有希的計。妳只是在有希主持的校內廣播沒能暢所欲言吧？什麼時候變成對決了？」

「什麼時候是指……」

「因為有希是這麼說的，或者是她引導妳這麼認為，對吧？」

聽到政近這段話，艾莉莎眨了眨眼睛，前傾的上半身慢慢挺直復原。確認艾莉莎回復冷靜之後，政近平淡說明：

「想戰勝對手的心態很重要。不過，如果老是侷限在這種心態，視野會變得狹隘而無法察覺重要的事情，所以小心一點比較好。」

「重要的事情……？」

「沒錯。以這次的狀況……問題在於重頭戲是什麼。」

艾莉莎不明就裡疑惑看向政近，政近聳肩說下去：

「說起來，妳的個性不適合硬碰硬的對決……真要說的話，妳無論對手是誰都總是全力以赴，不斷衝刺到自己能夠接受為止，之後自然會得到相應的結果。妳是這種類型的人吧？」

「嗯，也對……真要說的話是如此。」

「對於這種人來說，意識到競爭對手的念頭本身就是雜念。當然也可能因為競爭對手的存在而提升幹勁，不過妳是可以自己維持幹勁的那種人……莫名過度意識對方的事，只會害得自己失常，無法發揮原本的實力。」

「……」

「不過，這也在所難免……妳這是第一次火上心頭到失去冷靜吧？」

「火上心頭……也對，聽你這麼說就發現確實如此吧……」

大概是內心稍微有底，艾莉莎露出深思的表情。此時政近刻意以斷定語氣切入。

「聽好了，必須切換心態。有希的目的，並不是藉由今天的校內廣播搶占妳的上風，是要用這個事件影響妳，讓妳在結業典禮的致詞無法使出全力。」

「！」

「因為確實是這樣吧？今天只上半天課，收聽午休時間校內廣播的學生不多。如果想在校內廣播展現優勢地位，肯定有其他更有效的時段可以用。」

「不是因為……要趁著你不在的時候嗎……」

「這或許也是原因之一。不過即使我沒有感冒請假，只要有希要求『我們一對一分個高下吧』，妳還是會接受吧？」

「……」

「聽好哦？我剛才也說過，切換心態吧。不需要被那個傢伙牽著走。比起結業典禮的致詞，這是連前哨戰都稱不上的小事。妳今天在校內廣播擔任來賓的時候說得不是很好。就只是如此而已。沒有任何學生知道妳在和有希戰鬥，說起來絕大多數的學生沒在聽這段廣播。依照後天結業典禮的結果，再也不會有人在意今天的事。」

政近筆直注視艾莉莎的眼睛懇切說明。只不過，他無法斷言現在說的內容完全是事實，政近自己很清楚這一點。無法斷言今天的校內廣播不會對有希與艾莉莎的優劣順位造成變化。

至今不曾在公共場合交手的兩人，首度交手的戰場。注目程度自然提升的這個戰場，政近認為是在結業典禮。

不過，有希這次的奇襲推翻這個預測。討論會的精彩表現營造出「艾莉公主挺厲害的嘛」這種氣氛，這次卻發生這件事。原本想維持艾莉莎現有評價挑戰結業典禮的政近，老實說強烈覺得「被擺了一道」。

然而即使如此，現在先讓艾莉莎切換心態比較重要。因為這次意外得知，艾莉莎是否能發揮實力可說是大幅受到心理狀態的影響，所以這方面的看護是當務之急。

「意思是……這才是重頭戲？結業典禮是重頭戲，校內廣播是暖場……？」

「就是這麼回事。有希應該是想打亂妳的步調……但她大概會稍微失算哦？」

「咦？」

艾莉莎眨了眨眼睛，政近咧嘴一笑對她說：

「那傢伙，大概是在期待妳意志消沉吧？在廣播的時候完全無法好好說話，就這麼意志消沉挑戰結業典禮的致詞，這就是那傢伙的企圖吧……但是，妳覺得不甘心。既然這樣就沒問題了。只要把這份不甘心轉換為動力就好。」

所以今後別在意了。政近目不轉睛注視艾莉莎的雙眼。或許是這份意志也傳達給艾莉莎了，她一度閉上雙眼做個深呼吸，換上鄭重的表情重新面向政近。

「……我知道了。謝謝。」

「嗯……啊啊還有，不甘心就算了，但是不可以胡亂點燃對抗心態哦？因為要是這種心態太強，步調又會被那傢伙牽著走。」
「也對……換句話說，暫時忘記這次的事情，以我的做法全力以赴就好吧？」
「哎，就是這麼回事。」
「知道了……我會努力試著切換……還有，對不起。我自己貿然行動了。」
艾莉莎說完低下頭。艾莉莎低頭道歉是非常難得的經驗，政近強烈覺得不自在。
「不，嗯。總之，那個……在這麼重要的時候病倒的我也有錯……這部分我也要道歉。」
「這是沒辦法的……畢竟是感冒啊。」
「不過，我沒露出破綻的話就不會發生這種事……而且，沒料到有希會做到這種程度也是我的疏失。『又不是討論會，結業典禮的致詞這種小事，那傢伙應該不會認真到這種程度吧』，我好恨之前悠哉這麼說的自己……」
「我也一樣沒料到。說起來，如果我沒有胡亂賭氣，好好找你討論就沒事了。」
「就說這是因為我病倒……慢著，啊～～那麼彼此就當作扯平吧。」
政近搔了搔腦袋說完，艾莉莎也露出稍微無法接受的表情點頭回應。在有點尷尬的氣氛中，政近清了清喉嚨繼續說：
「哎，不過換個想法，之前在家庭餐廳說過『要讓大家看見妳努力的樣子』……這次可說是一個大好機會吧。畢竟主角要在逆境才能發光發熱……有希在這種心理戰技高一籌，光是讓妳親身體會這一點就獲益良多了。摸清對方的實力很重要。」

「……也對。老實說，我沒想過有希同學會使用這種暗招，想到今後自己也可以提防這方面……應該是不錯的經驗吧。」

艾莉莎像是半告誡自己般這麼說。政近有點擔心地詢問這樣的她。

「……幻滅了嗎？」

「咦？」

「得知有希會像這樣使用類似暗算的伎倆……她在妳心中的形象或許幻滅了。」

聽到政近這麼問，艾莉莎緩慢眨眼之後搖了搖頭。

「並沒有幻滅……雖說是暗算，但有希同學再怎麼說也是正面向我下戰書。即使我因而敗北，如果怪罪有希同學只算是惱羞成怒吧？」

「……嗯，這樣啊……那就好。」

理解到艾莉莎與有希的友情沒受損，政近鬆了口氣，同時在意起一件事……

（嗯……關於有希設局進行精神上的打擊，她果然沒察覺。）

看來艾莉莎將有希「為了斬斷迷惘而採取過度攻擊性的態度云云」這個藉口照單全收，沒察覺這一切都是有希為了打亂艾莉莎的步調而計算周全的演技，只單純認為有希前來要求進行口才對決，而且當時有希的言行湊巧打亂她的步調。

（不對，並不是這樣啊？全～～在她的計算之中啊？話是這麼說，但我也不知道應該告訴她到什麼程度……）

要是誠實說出一切，艾莉莎與有希的友情或許真的會毀壞，即使如此，如果不說明有希的手法就無從提防。政近思索該怎麼辦的時候，艾莉莎稍微歪過腦袋。

「久世同學？怎麼了？」

「啊啊……不，沒事。」

看見艾莉莎那張純真的臉蛋，政近決定隱瞞不說。這種心理戰原本就是他擅長的領域。艾莉莎不擅長的部分由他來扶持就好。

「居然說沒事……那你為什麼在笑？」

「咦？」

聽到艾莉莎的指摘，政近眨了眨眼睛，然後觸摸自己的臉，察覺自己確實在笑。

「真的耶……為什麼呢？」

「還問為什麼……」

面對困惑的艾莉莎，政近思考該怎麼做……然後察覺了。

（啊啊，我……是在興奮嗎？因為就這麼被有希與綾乃搶占優勢……）

以前有希說過「兄妹對決是王道，很熱血」，看來在這方面也一樣。

「原來如此……咯咯，哎呀～那傢伙竟敢這麼做耶～我是這麼想的。」

自覺的下一剎那，政近的笑容變成幾乎可以形容為凶惡的漆黑笑容。

「這是怎麼回事呢？等一下，我興奮到連自己都嚇一跳的程度。」

有希……以及綾乃，昨天看起來都沒什麼特別的變化。然而實際上，她們一如往常的態度背後藏著一把刀，虎視眈眈伺機而動。而且就這樣漂亮地沒讓政近察覺凶刀的存在，搶占優勢。

從政近的角度來看，這個事實也令他愉快到深感意外。如果使用傲慢的說法，這或許近似父母見證兒女成長的喜悅心情。

平常毫無幹勁般的氣息消失無蹤，政近露出像是要舔嘴唇般毛骨悚然的笑容，使得艾莉莎瞠目結舌……輕輕摀住嘴角移開目光。

【這種表情也……很棒。】

她在手掌底下輕聲說出俄語，真的沒聽清楚的政近眨了眨眼睛。

「妳說了什麼嗎？」

「沒什麼……我只是說『你的表情真壞』。」

「……我的表情有這麼壞？」

「……有。」

艾莉莎說完點頭，但她手掌藏不住的臉頰稍微變紅，話語與表情的不協調感使得政近稍微混亂。

（咦？為什麼？難道……她喜歡壞男人？愈是品行方正的女人愈容易被壞壞的男人吸引嗎？）

瞬間，政近腦海浮現艾莉莎被有點壞的腹黑男欺騙的模樣，內心不是滋味。一般來說，「腹黑」這個詞用在不太正面的意義，不過政近知道在女性向作品也會被當成一種優點看待。

「艾莉……」

「什麼事？」

「黑道少幫主很帥僅限於二次元哦？真實世界的少幫主就只是惹不起的人哦？」

「……你啊，有時候真的會說一些奇怪的事情耶……這是在說什麼？」

「沒有啦，看妳好像在害羞……所以我以為妳喜歡壞男人。」

「為什麼啊，我不喜歡啦。還有，我可沒害羞。這只是因為……露出壞壞表情的你一點都不搭，我覺得很好笑。」

「太毒了吧？」

原來如此，聽她這麼一說，她看起來確實像是摀著嘴忍笑……

（不，可是在她以俄語說悄悄話的時間點，就可以確定絕對在說嬌羞的話語。）

她說的是否是真心話就暫且不提。不然的話，或許是對於說出嬌羞話語的行為本身感到害羞。

（哎，算了。反正我不認為艾莉會被壞男人騙……）

此時，就像是忽然接收到天啟，政近腦中浮現剛才家裡的某一幕。政近宣稱要狠狠唾棄的時候，綾乃眼神閃閃發亮的模樣。

（難道……艾莉，妳也是嗎？）

對壞壞的表情起反應……難道是那方面的意思嗎？

這種想法不禁掠過腦海，但是政近立刻自行消除這個可能性。

（不不不……艾莉怎麼想都是Ｓ吧？畢竟她經常露出看見垃圾的表情。）

政近以非常失禮的方式說服自己，不過另一個阿宅的刻板印象浮現在腦海。

（不對，明顯是Ｓ的這種女生，只會在喜歡的人面前是Ｍ，這是常見的模式——唔嗚！）

想到這裡的時候，政近揍飛腦中的自己。

（不妙，我剛才冒出某種自我感覺非常良好的噁心想法。嗯，好，今後再也不想這種事了。）

政近像這樣切換思緒，換成正經表情重新面向艾莉莎——

【因為是你才覺得棒。】

「唔嗚！」

「久世同學？」

政近突然毆打自己的額頭（應該說是高舉拳頭朝腦袋揮下），艾莉莎吃驚瞪大雙眼。

「怎……怎麼了？你還好嗎？」

「……嗯？什麼事？」

「還問我什麼事……啊啊真是的，額頭都變紅了。」

大概是昨天看護之後內心不再抗拒，艾莉莎擔心般將臉湊過來，手指輕輕撫摸政近額頭。這麼近的距離加上觸摸額頭的酥癢觸感，使得政近上半身向後仰連忙開口：

「我……我才要問妳還好嗎？總覺得妳表情還是有陰影耶？」

這句話有一半以上是為了轉移話題而說的……但艾莉莎聽到指摘之後停止動作。

「……」

「怎麼了？還有什麼掛念的事嗎？」

艾莉莎慢慢坐回椅子，政近向她發問。接著，艾莉莎沉默片刻之後輕聲開口：

「……我沒能回答。」

「回答什麼？」

「有希同學……問我為什麼想當學生會長……我沒能回答。」

艾莉莎深深低下頭，在裙子上緊握雙手難過地說：

「有希同學她……為了自己的家人，真的是以堅定的心情打這場選戰……可是，可是……我想當學生會長，都是為了我自己……這種理由或許不管用。想到這裡，我什麼都說不出口……！」

艾莉莎在胸口緊握拳頭，如同在承受內心的痛苦。

「在有希同學面前……亂了方寸的我好丟臉。面對有希同學，沒能抬頭挺胸給她答覆的我……好不甘心……！」

說到這裡，艾莉莎咬著嘴唇低下頭。看著她這副模樣，政近一時之間說不出話。因為昔日的自己……也是苦尋不到理由。

昔日是基於對有希的愧疚而加入選戰。

而且，自己擠下其他人成為副會長。政近對此一直感到痛苦……所以深刻理解艾莉莎的心情。

（可是……）

可是，有一位學長將這份痛苦一笑置之。有一位學長溫柔給予肯定。

「艾莉……」

這次……輪到我了。如同那些溫柔的學長姊曾經推了我一把，這次輪到我來推艾莉莎一把。那一天已經發誓要扶持她了，我一定要遵守這個約定。

「看前面。看著我！」

聽到政近這一喊，艾莉莎顫抖身體抬起頭。她難受般緊閉雙唇，政近筆直注視她的雙眼。

「和有希比起來，妳的理由算不了什麼？那又怎樣？妳忘了嗎？我是得知有希與妳的所有隱情之後選擇了妳啊！」

政近的話語使得艾莉莎睜大雙眼，像是打從心底大吃一驚。政近誠摯向她訴說：

「我之前也說過吧？『妳現在的這種表現就充分可以獲得支持了』。我知道妳的美麗。知道妳比任何人都真誠，總是拚盡全力……筆直走在人生的道路上。妳應當獲得更多的回報。妳是可以受到更多人支持與喜愛的人。」

說著說著，政近感覺背部逐漸發熱，但他現在刻意忽視。因為他認為必須是發自真心的話語，才能傳達到艾莉莎的內心。更重要的是只有現在，他認為彼此一定要真心相對。

「所以……向前看吧。抬頭挺胸，以妳的本色表現得落落大方就好。沒問題的。妳這個人的魅力……即使對上有希也完全不會輸。我敢保證。」

斷言到這裡，政近感覺背上猛然冒出汗珠。雖然心情上很想立刻扭動身體一頭撞向桌面，但他忍住衝動繼續看著艾莉莎的雙眼。

接著，艾莉莎睜大的雙眼緩緩眨了眨……然後按著嘴角發笑。

「呵……呵呵，總覺得好像是在示愛耶？」

「少煩，不准說！我真的再也不會說這種話了！」

自己也隱約感覺到的事情被她當面說出口，政近忍不住放聲大喊。

「啊啊～～真的是好熱！我又開始發燒了。感冒的時候果然不能做自己不習慣的事啊～～！」

「呵呵，說得也是耶？既然發燒……那就不得已了吧？」

政近朝著毫不相干的方向拉起制服胸口搧風，艾莉莎笑著輕輕接近過去，然後按住政近看著一旁的臉頰轉過來面向她……將額頭貼在睜大雙眼的政近額頭。

「……真的耶。是不是有點發燒？」

「——！」

鼻尖幾乎相觸的距離，是艾莉莎閉上眼睛的臉蛋。簡直會在下一秒接吻的離奇光景，使得政近就這麼睜大雙眼語塞。

連呼吸都會猶豫，漫長到恐怖的數秒。最後，艾莉莎輕輕移開臉蛋，向政近露出溫和的笑容。

「謝謝，多虧有你……我甩開迷惘了。」

「……喔，那就好。」

總覺得不敢直視艾莉莎的臉，政近移開視線簡短回應。這樣的政近再度引得艾莉莎發笑，以略顯舒坦的語氣開口。

「說得也是。即使和他人比較……也無濟於事。因為我無論如何都是我自己。」

「對……有希是有希，妳是妳。」

「是的。」

看來這個搭檔已經找回以往的步調，政近鬆了口氣——

「即使有希同學背負著已故哥哥的遺志……我也不必因而退縮對吧？」

……嗯？在不能當成沒聽到的某句話傳入耳中之際，政近因而僵住了。已故哥哥的遺志……………已故哥哥的遺志？

（喂～～！老妹喔喔喔！妳怎麼把我這個哥哥說成死人啊啊啊——！）

政近朝著腦中露出啾咪表情道歉的妹妹幻影全力大喊。全身猛然噴出和剛才完全不同種類的汗珠。

（怎怎怎怎麼辦？感覺有希變得背負起過於沉重的往事設定……我終究應該以兒時玩伴的立場訂正一下比較好吧？可是在這種狀況，艾莉與有希的友情可能會出現裂痕……不對但這實在是……）

面對出乎意料從天而降的難題，政近在內心抱頭……盡情苦惱數秒之後，略顯顧慮般向艾莉莎開口：

「我……我說啊，艾莉──」

但是教室的門在這個時候開啟，政近與艾莉莎同時看向該處。

「哈囉～～」

「打擾了。」

隨著慵懶的聲音開門大步進入教室的是乃乃亞。在她身後特地行禮才入內的是沙也加。出乎意料突然來訪的兩人，使得政近與艾莉莎同時睜大雙眼。

「喔～～果然還在教室耶～～……慢著，阿世？你今天不是請假嗎？」

「啊啊，我剛來不久……」

「啊，是嗎？哎，這樣剛好。」

不過，乃乃亞不在乎兩人的反應這麼說完，一屁股坐在政近前方的光瑠座位……反過來跨坐在椅子上。

「乃乃亞……這樣沒教養喔。」

「咦～～有什麼關係啦，反正沒別人。」

乃乃亞連沙也加的勸告也沒聽進去，一如往常毫無幹勁般半閉雙眼，手肘撐在椅背托腮。就在政近面前。就這麼整個打開大腿。

（……就是因為有這一面，所以在好壞兩方面都不被當成偶像看待吧。）

從政近的角度來看，乃乃亞以容貌與知名度來說，即使被列為「當屆校花」也一點都不奇怪。

不過實際上沒被列入，大概是因為比起艾莉莎與有希，乃乃亞令人覺得相當平易近人。如果艾莉莎與有希是高不可攀的名花，乃乃亞就是在地面綻放的大朵花吧。

（……不過是食蟲植物。）

政近在內心補充這一句，稍微提高警覺詢問來意。

「所以？有什麼事？」

「唔～～？可是有事的不是我，是沙也親啊？」

「是谷山？」

政近看向站在乃乃亞斜後方的沙也加，沙也加眉頭瞬間一顫，輕輕呼出長長的一口氣，然後以真摯的表情端正姿勢。

「雖然有點晚……不過久世同學、九条同學，先前造成兩位莫大的困擾了。包括對兩位的各種無禮態度，請容我謝罪。非常抱歉。」

然後她向兩人深深低下頭。乃乃亞見狀也就這麼坐在椅子上稍微低頭。

「我也要說聲對不起。當時明知沙也親失控卻沒阻止的我也有責任。雖然為時已晚，不過你們願意原諒嗎？我不會要求無條件原諒。」

乃乃亞在面前合起雙手，閉上單眼懇求。沙也加就這麼站著一直低著頭。政近看向兩人，然後轉身面向艾莉莎。

「我對妳們兩人沒什麼心結。要不要原諒就看艾莉了。」

「我也是……既然已經為當時的謾罵道歉，我就不計較了。而且宮前同學沒有特別做什麼必須向我道歉的事。」

「哎呀～～但我覺得基本上應該為討論會的暗樁道歉啊～～？」

在面前合起雙手的乃乃亞就這麼歪過腦袋，政近向她搖了搖手。

「那種東西算是戰略的範疇。說起來，為什麼敗者要向勝者道歉？」

「啊哈……哎，話是這麼說沒錯耶～～？」

「……放棄這個勝利的是你們吧？」

沙也加抬起頭，目不轉睛看向政近。政近從這雙視線察覺到，先前請乃乃亞平息沙也加惡評聲浪的祕密委託已經曝光，聳了聳肩。

「只是因為艾莉說她很在意，我才會這麼做。而且實際行動的是宮前，所以也沒道理對我們說些什麼。」

對於先前對沙也加的貼心之舉，這邊不接受任何感謝。相對的，對於惡評的矛頭轉向乃乃亞，這邊也不接受任何譴責。想說什麼都對乃乃亞這個搭檔說吧。政近表達出這樣的意思。

沙也加完整接收到政近的意思，卻將視線投向艾莉莎。

「即使如此，你們貼心為我做的事情也都是事實吧？在今天的活動報告……完全沒聊到討論會的話題，換句話說也是這麼一回事吧？」

艾莉莎承受沙也加的視線，筆直注視她的雙眼回應。

「……實際上，要是當時就那麼進行投票，鹿死誰手還不曉得。因為沒有明確獲得勝利，所以不想宣布勝利，如此而已。」

聽完艾莉莎這段話，沙也加像是試探真意般，目不轉睛注視艾莉莎。但是她在最後靜靜看向下方，嘴角露出微笑之後點頭。

作。

「……這樣啊。真是高風亮節。」

沙也加輕聲說完輕盈轉過身去，走向教室前門。手放在門上的時候，她暫時停止動作。

「……不過，我也有自己的尊嚴。」

她的這句話與背影，使得政近察覺沙也加想採取某些行動。

「等一下，谷山，妳想做什麼？」

政近情急之下這麼問，沙也加稍微看向他回答。

「……我可不想為了維護自己的名譽而扭曲事實。」

「所以妳不是要宣布勝利，而是宣布敗北嗎？在校內廣播……不對，在結業典禮宣布嗎？」

政近說完，沙也加像是語塞般移開視線。政近猜想自己說得沒錯，站了起來。

「不好意思，我身為學生會幹部，無法坐視妳在結業典禮擅自亂來……如果妳想回應艾莉的誠意，可以用別的方法回應嗎？」

「……別的方法？」

政近向轉過身來的沙也加說出自己的要求。聽完他說的內容，不只是沙也加，艾莉莎同樣睜大雙眼，乃乃亞也揚起眉角。

「……你是認真的？」

「對。艾莉也沒問題吧？」

「啊，嗯……」

「宮前，妳剛才也說過『不會要求無條件原諒』對吧？」

「啊～～我確實說過啦……」

艾莉莎為難般點頭，乃乃亞露出半笑不笑的表情。看見這樣的兩人，沙也加將整個身體重新轉過來面向政近，以五味雜陳的眼神看著政近與艾莉莎，然後以像是壓抑各種情感的聲音開口：

「……我並沒有支持你們兩人。」

「嗯，我知道。」

「……即使是現在，我也認為你應該和周防同學搭檔。」

「這樣啊。不過，我選擇艾莉的理由……妳也稍微明白了吧？」

聽到政近這麼問，沙也加目不轉睛注視艾莉莎的臉。艾莉莎也靜靜看著沙也加。視線相交數秒之後，沙也加靜靜閉上雙眼。

「……我知道了。」

然後她微微點頭。看到這個反應，乃乃亞抓著椅背用力向後仰。

「真的嗎~~……那麼，我也沒問題喔。就這樣啦。」

乃乃亞將身體轉回正前方，以輕浮的感覺點了點頭，政近向她用力點頭回應。

「謝謝，請多指教。」

然後，政近朝著驚訝睜大雙眼的艾莉莎這麼說：

「艾莉，這是妳的力量。這麼一來……我們會戰勝那兩個傢伙喔。」

「咦……戰勝？咦，目標不是要打成平手嗎？」

事情進展得太快，艾莉莎看起來陷入混亂，政近朝她露出猙獰的笑容。

「我再也不以平手為目標了。既然對方搞這種小動作……就毫不留情打垮吧。」

這段宣言使得艾莉莎倒抽一口氣，沙也加默默輕推眼鏡，乃乃亞愉快一笑。

第8話 致詞

隔天的放學後，學生會成員分別為了結業典禮而進行各種準備，或是和相關的各單位開會討論。以兩人或三人為一組，拿著結業典禮的流程表跑遍校舍各處。

在這樣的狀況中，政近與艾莉莎完成自己負責的工作之後，在體育館舞台上為了明天的正式致詞進行預演。

「以上感謝各位的聆聽。」

艾莉莎不拿麥克風說完一遍之後，在台下聆聽的政近給予掌聲。

「ＯＫ，正式上場也能有這種表現的話，應該就沒問題。」

政近說著走上階梯來到台上，艾莉莎有點不安般愁眉苦臉。

「是啊……正式上場也能……」

「不安嗎？討論會那時候不是也說得很好嗎？」

「當時……我只是因為專注面對自己的內心才說得順。而且明天的人數比那時候更多吧？」

「是啊，畢竟明天全校學生都會集合，會填滿這座體育館哦？」
即使瞞騙也無濟於事，所以政近聳肩誠實告知，然後轉為輕鬆的態度開口：
「不過，要做的事沒變吧？即使人數增加，只要專心說好自己想說的──」
「我覺得這樣不行。」
「？」
「在上次的討論會……看過你說話的模樣之後，我就十分明白了。自以為是說出來的話語，以及確實朝著聽眾說出來的話語，兩者截然不同。尤其這次是『致詞』，那麼我想果然必須看著聽眾的每雙眼睛、每張臉說話。」
艾莉莎看著台下，以嚴肅的表情這麼說完，向政近投以堅定的視線。
「欸，該怎麼做才能和你一樣，像是在和觀眾交談般說話？」
對於艾莉莎這個問題，政近暗自佩服「上進心真的好強……」搔了搔腦袋。
「就算問我該怎麼做……只有這一點，『熟練』占了很大的部分。總之先練習到不看稿就能說得完美，再來是一邊觀察觀眾的反應一邊調整音調與停頓方式，偶爾開個玩笑維持大家的注意力……大概是這種感覺吧。」
「……」
聽完政近的指導，艾莉莎面有難色不發一語。政近自覺這些要求的難度很高，所以露出苦笑補充說明。

「總之，一開始就想做到完美是強人所難。我剛才也說過，重點是『熟練』……關於這次的致詞，只要能面向前方落落大方說完就足夠了。」

「……這種程度就可以嗎？」

「嗯，把這次致詞當成今後選戰的練習就好。我昨天也說過吧？如果貿然對有希點燃對抗心態，反而只會被打亂步調。」

「！」

聽到政近這段話，艾莉莎睜大雙眼，察覺自己下意識為了不輸給有希而焦急。政近像是要讓艾莉莎冷靜般輕拍她的肩膀，稍微降低音量。

「那麼，我傳授一個……可以舒緩緊張，同時吸引觀眾注意力的祕計吧？」

「嗯？祕計？」

「對。」

艾莉莎揚起眉角，政近輕聲說出祕計的內容。出乎預料的內容使得艾莉莎瞬間露出吃驚表情，接著皺眉展現出思索的模樣。

「這個方法……」

「如何？很簡單吧？而且效果很好。」

「……也對。我試試看。」

艾莉莎以正經八百的表情點頭，政近也咧嘴笑著回應。此時舞台旁邊傳來聲音。

「是在為明天預演嗎？」

這個聲音引得兩人同時轉頭一看，該處是一如往常露出雕塑般笑容的有希。綾乃也在她身後，面無表情向政近與艾莉莎鞠躬致意。

「是啊，妳們的工作做完了嗎？」

「是的，很順利。」

兩人親切交談，不過其中帶著平常沒有的緊張感。有希慢慢走向政近，同時按著嘴角歪過腦袋。

「呵呵，怎麼啦？政近同學。總覺得表情很嚇人耶？」

「竟敢厚著臉皮這麼說……我才要問，妳的淑女面具該不會剝落了吧？」

「哎呀真是的，呵呵呵。」

有希掛著完美淑女的笑容，稍微睜大雙眼。描繪弧度的眼眶深處露出的雙眸，隱含著不帶半點笑容的冷酷光芒。

面對普通人可能會發毛畏縮的這雙目光，政近卻是聳了聳肩，轉身朝向背後的艾莉莎。

「對吧？這就是這傢伙的本性。之前也說過，別被她像是淑女的外貌欺騙哦？」
「呃，嗯……」
「哎呀，艾莉同學。呵呵，害妳幻滅了嗎？」
有希歪過腦袋這麼問，不過艾莉莎緩緩搖頭。
「不，雖然有點吃驚，但是沒幻滅。」
「哎啊……」
「畢竟我們認識還沒有多久。狀況改變的話，當然會露出尚未看過的另一面。」
「……」
「而且……妳說想和我成為朋友，這是真的吧？」
「……嗯，這是當然的。」
「那就好。」
艾莉莎很乾脆地點頭之後，有希真心感到意外般睜大雙眼。
「而且……也多虧有希同學，我才得以重新審視自己。」
「……意思是？」
有希收起虛假的笑容歪過腦袋，艾莉莎筆直注視她，放話回應。
「有希同學，當時妳問我為什麼想當學生會長……我會在明天讓妳看見答案。不只如此，還會獲得比妳更多的支持給妳看。」

艾莉莎光明正大的這段宣言，使得有希露出嚴肅表情眨眼，然後清脆一笑。

「呵呵，艾莉同學真的是非常率直……又出色的人耶。」

「怎……怎麼了……這是怎樣？」

突然得到稱讚，艾莉莎似乎不知所措，視線搖擺不定。對此，有希毫不害臊繼續說下去。

「這是我發自真心的感想啊？可以和艾莉同學成為朋友，我覺得真是太好了。」

「……」

艾莉莎像是再也撐不住般迅速轉過頭去，有希加深笑容開口。

「對於這麼出色的艾莉同學……我要告訴妳一件事。」

「……什麼事？」

「先前提到我的哥哥已經不在了……但他並不是已經過世了哦？」

「咦？」

艾莉莎一臉錯愕轉過頭來，有希惡作劇般朝她一笑。

「只是離家出走而已。雖然和周防家斷絕往來，但他現在也過得很好哦？」

「什……什……！」

得知有希故意說得令她誤會，艾莉莎頓時臉紅瞪向有希。有希以若無其事的笑容輕鬆帶過之後，政近掛著笑咪咪的表情站在有希面前。

「哎呀～～妳和艾莉的友情沒受損，真是太好了。」

愉快到不自然的這張笑容，使得有希的戒心三級跳，再度露出雕塑般的笑容。

「哎呀哎呀，聽政近同學這個說法……感覺像是她和你的友情出現裂痕了？」

「不，沒有啊？但我覺得妳竟然敢做出那種事情是吧？」

政近就這麼掛著爽朗的笑容，以開朗的語氣這麼說，並且走向有希與綾乃。艾莉莎有點擔心地注視他的背影，不過當事人有希面對走到眼前的哥哥依然維持笑容。

「哎呀，難道說……是在氣我趁你身體不舒服的時候下手？」

「沒那回事。趁著疏於防備的時候下手，以戰術來說是理所當然的。我反倒覺得妳完全沒讓我發現，甚至就這麼偷偷下藥的手法真的很高明。」

「這是我的光榮。」

嘴裡這麼說的有希，感覺眼前哥哥的笑容令她冒出雞皮疙瘩。不時被政近瞥視的綾乃也一樣。政近身上的異常魄力，使得兩人一齊感覺汗水從背部滑下。

不過，即使身披令人生懼的這種氣息，政近依然以開朗的模樣說下去。

「哎呀～～這是什麼情感呢？連我自己也不太清楚……真要說的話，就是面對會咬人的可愛家犬，有一半的心情是想摸頭疼愛，另一半的心情是想好好管教到再也不咬人，大概是這樣吧？」

政近說出頗為恐怖的事，但是有希並沒有打趣回應。好久沒看見哥哥發自真心的這股氣魄，有希已經放棄裝出淑女表情。

現在位於有希內心的是少許恐懼以及更強烈的喜悅。這份心情以燦爛眼神與猙獰笑容的形式表現出來。妹妹露出的這張表情，使得政近的笑容也變得凶惡。

「不過，如果只以一句話做結……」

然後……他以完全不帶笑容的雙眼俯視有希這麼說。

「既然敢張嘴咬過來，就給我咬緊牙關吧？」

政近雙眼隱含著絲毫不令人覺得陷入絕境的霸氣。有希與綾乃自覺踩到了沉睡獅子的尾巴。

（啊哈哈……原本想說成功讓哥哥稍微慌張了……不過我太天真了嗎？）

哥哥發出極為好懂的宣戰布告。不過這對於有希來說也是好事。正面過招的戰鬥正如有希所願。來自面前的鬥志與發自內心的亢奮感，使得有希像是即將上戰場般全身顫抖，綾乃也在顫抖……至於是哪裡顫抖就別說了。

舞台上席捲著不像是正式致詞前一天的強烈緊張感。不過舞台側邊略顯顧慮傳來的某個聲音導致這股氣氛消散。

「那個，方便借點時間嗎～～？我想進行明天的最終確認……」

這個聲音引得眾人一齊轉頭一看，該處是學生會的二年級三名成員。看到統也以稍微僵硬的表情召集他們，政近與有希收起鬥志走過去。艾莉莎與綾乃也放鬆緊張心情隨後跟上。

一年級的四人組身披非比尋常的肅殺緊張感，使得統也看起來有點不自在，但還是為了明天正式舉辦的結業典禮進行最後確認。

然後，話題終於輪到學生會幹部的致詞。

「那麼，關於最重要的學生會幹部致詞……順序首先是會長我、副會長茅咲，再來是九条姊，然後由一年級組依序進行。今年人數不多，所以沒有特別限制時間，不過要記得大致在三分鐘內結束。有什麼問題嗎？」

之前也聽過簡單的說明，所以沒人特別舉手。統也確認所有人微微點頭之後，略顯顧慮般看向一年級的四人。

「好啦，那麼一年級組的致詞順序……怎麼辦？去年是由會長候選人彼此猜拳決定的。」

統也的話語引得有希與艾莉莎轉頭相視，有希掛著微笑稍微歪過腦袋。

「我不介意用猜拳決定啊？」

聽到有希這麼說，艾莉莎也準備同意……不過政近搶先開口。

「不對，不行吧？畢竟猜拳終究是眼力比賽。」

「哎，說得也是。」

有希聳肩之後，艾莉莎與統也「嗯？」地揚起眉角，茅咲說「我懂」點點頭，瑪利亞「咦咦～～？」像是為難般一笑。綾乃是空氣。

不過，這對兄妹並不是在開玩笑。

兩人身為阿宅必須做好準備，即使隨時被捲入賭上人生的鬥智遊戲都足以應付，所以對於他們來說，猜拳當然是首先必須研究透徹的遊戲。再次強調，這對兄妹不是在開玩笑。

「那麼，扔硬幣怎麼樣？」

「說得也是，這就公平了。」

「我知道了。那就由綾乃扔硬幣，艾莉同學猜正反面的形式來進行如何？」

「不，由別人扔硬幣吧。」

「呵呵，疑心病真重。」

政近與有希不扔硬幣，當然是因為他們可能作弊，但綾乃肯定沒習得這種技術。

然而就算這麼說，綾乃有過面不改色下藥的前科，政近沒理由不提防她。

之所以不由政近或有希猜硬幣正反面，當然也因為這終究只是眼力比賽以下略。

「那個……由我來吧～～？」

政近看向二年級組的時候，瑪利亞如此說著取出百圓硬幣。政近懷著確認的意思看向有希，有希聳了聳肩。政近判斷徵得有希的同意，朝著瑪利亞點頭示意。

「拜託妳了。瑪夏小姐扔硬幣，艾莉猜正反面。如果猜對就由艾莉依照喜好選擇先攻或是後攻，猜錯就由有希選。」

「知道了。那麼這個圖樣的是正面，有『百』字的是背面喔～～」

瑪利亞說著將百圓硬幣放在拇指指甲上，艾莉莎見狀以質疑的眼神開口。

「瑪夏……妳確實做得到嗎？」

「啊啊～～居然瞧不起姊姊～～做得到啦，仔細看哦～～？嘿！」

艾莉莎的視線使得瑪利亞鼓起臉頰，然後不知為何整個人跳起來再彈起硬幣。

在所有人莫名以溫馨眼神守護的狀況下，瑪利亞再度不知為何晃動身體，雙眼追著硬幣的去向，像是打蚊子般雙手一拍，接住百圓硬幣。

「接到了！艾莉妳看，我做到了！」

瑪利亞就這麼合起雙手開心露出得意表情，不過艾莉莎眼神冷淡。

「所以呢？哪邊是上面？」

「咦……？」

聽艾莉莎這麼說，瑪利亞低頭看自己的手，總算察覺現在這樣無法判別正反面。

「呃～～那麼……這邊是上面？」

瑪利亞說著將左手轉到下面，右手轉到上面，然後艾莉莎平淡回答。

「正面。」

「咦咦～～妳多思考一下再……」

「這種的就免了。」

「唔……那麼，來。」

瑪利亞打開的手掌上是……「百」這個數字。艾莉莎瞬間皺眉，有希目不轉睛觀察艾莉莎的表情。

「哎呀，猜錯了。那麼……有希，妳要先攻還是後攻？」

「這個嘛……」

有希承受瑪利亞的視線，將手抵在下顎思考。政近目不轉睛注視有希。

（剛才扔硬幣猜對的話也不錯……好啦，妳可以看透到何種程度呢？）

在哥哥的注視之下，有希專注於自己的思考。

（正常來想，最後留下印象的後攻比較有利……不過如果可以先攻打造出「周防同學超優秀，所以別對九条同學鼓掌吧」的氣氛，要大獲全勝也是有可能的。反過來說，成為基準的先攻可以獲得最底限的掌聲，所以讓艾莉同學先攻的話很難大獲全勝……畢竟也可以使用「既然是先攻就沒辦法了」這個藉口……果然應該選擇先攻嗎？反正我原本就是這麼打算……）

可是……有希繼續思考。

（原本是以大獲全勝為目標才打算選擇先攻，既然哥哥拿出真本事，或許應該正常求勝就好……這麼一來，後攻果然比較有利？最好先觀察哥哥怎麼出招再戰鬥，不過……）

此時，有希忽然感覺不對勁。哥哥先前的態度。那種明顯的威嚇行為。

（這麼說來……當時為什麼那麼露骨嚇唬我？哥哥基本上都是在暗中運籌帷幄，這不像是他的作風…………難道是在做個樣子？）

浮現這個想法的瞬間，有希直覺認為這是對的。她猛然看向政近並且動腦思考。

（如果那是做個樣子……目的是什麼？為了讓我認為他因為被我領先而生氣，打算正面過招……？其實不想正面硬碰硬對決？而且……！也為了讓我從艾莉同學那裡移開注意力嗎！）

隨著像是天啟的靈光一閃，有希和政近四目相對。雖然從哥哥維持撲克臉的表情無法解讀什麼，不過有希確信自己距離正確答案很近。

（沒錯……雖然不知何時被哥哥吸引注意力，不過我的目標原本是艾莉同學……而且就我所見，艾莉同學的內心沒有想像中堅強。

不只如此，現在的她因為昨天在校內廣播沒能好好說話而留下心理創傷。我原本是預料到這一點，所以打算將壓力較大的後攻塞給艾莉同學。）

有希想起自己當初的作戰，察覺自己的想法差點就這麼被牽著走。不過她已經看透了。

（哥哥真正的目的，是要抽到沒有壓力又能獲得最底限掌聲的先攻，然後打成平手！那麼我按照原先的計畫，以大獲全勝為目標就好！）

這段時間大約五秒。有希以超乎常人的思考速度得出結論之後，嘴角露出笑容告訴統也。

「那麼，請排我先攻。」

「嗯，我知道了。那麼先攻是周防與君嶋組，後攻是九条妹與久世組。」

聽到這段話，艾莉莎默默點頭，政近暗藏玄機般一笑。

◇

到了第二天。前一天的細心準備奏效，結業典禮沒出什麼差錯順利進行。包括老師們的演講及風紀委員的宣導，各項程序順利逐一消化。學生會幹部分成兩邊守護著典禮進行。面對舞台的左側是統也、瑪利亞、艾莉莎與政近，右側是茅咲、有希與綾乃。

「那麼，接下來請本年度的學生會幹部致詞。」

然後，這一刻終於來臨了。配合擔任司儀的廣播社員唱名，二年級組依序致詞。統也以落落大方的態度進行充滿領導風範的致詞，制服決定換季的這個驚喜博得眾人的喝采。

茅咲的致詞頗為不拘小節，以開朗的氣息不時逗人發笑。瑪利亞掛著一如往常的軟綿綿笑容，致詞內容卻穩重紮實，和她溫柔的氣息與語氣成為對比。

即使風格迥異，二年級組也各自完成引人入勝的致詞。學生們像是在欣賞偶像般將氣氛炒得火熱時，終於輪到一年級組上台。

「接下來是學生會公關，周防有希同學致詞。」

下屆會長候選人的登場，使得會場的氣氛改變。對於這場候選人的和平戰鬥，有人由衷期待，有人愉快注目，有人冷靜審視。

有希在各式各樣的視線集於一身的情況下站上講台。台上銀幕大大映出有希的身影，觀眾略顯興奮。

「我是剛才被介紹到的學生會公關，也是前國中部學生會會長周防有希。預定在明年度報名成為學生會長候選人加入選戰。請各位多多指教。」

有希掛著雕塑般的笑容稍微低頭致意之後，體育館各處早早就傳來聲援。有希稍微點頭回應，以更開朗的語氣說下去。

「那麼，關於這一部分，我想稍微述說自己的願景。我當選學生會長之後的目標是……讓本校成為更能反映學生意見的學校。哎呀？各位覺得這個願景比想像的還要普通嗎？」

有希突然有點惡作劇般發問，引起觀眾輕聲一笑，緩和場中氣氛。然後，有希從講台下方取出一個大箱子給觀眾看。

「具體來說……就是這個投書箱。雖然從好幾年前就已經設置在校內……不過在各位之中，至少利用過一次的人應該只是少數吧？實際上，我也好幾次在午休的活動報告提到這件事，不過很少人寫下自己真正困擾的事情或是要求。果然是因為各位認為『投書也不會實現所以沒用』吧？」

聽到有希具體這麼問，學生們回顧自己的校園生活，覺得確實如此而點頭。得到學生們的認同之後，有希說出原因。

「不過，這也在所難免。因為對於絕大多數的幹部來說，學生會的工作都是初次接觸的事。明明社會人士的第一年都要用來學習自己的工作，學生會幹部卻在工作一年之後就結束任期。如果進而要求幹部聆聽、實現學生的要求應該很難吧。尤其今年不知為何……沒錯，不知為何！一年級的學生會幹部少到人手不足耶？」

有希裝模作樣的說法，引得學生們心想「不對，這是誰害的啊」發笑。一邊為同樣是學生會成員的學長姊們說情，一邊確實逗觀眾發笑的有希，在這時候切入核心。

「不過，我當選學生會長之後，會實現各位放入這個投書箱的要求。」

有希如此明確斷言，繼續說下去。

「說得更具體一點，每個月至少會實現學生們的一個要求，而且要以這些成果著手實現更大的要求。例如變更運動會的項目，擴大校慶的活動內容與舉辦時間，增加校外教學的自由時間。此外，在萬聖節或聖誕節舉辦新的活動應該也很有趣吧？」

會讓大多數學生忍不住興奮起來的這段內容，使得眾人在喧嚷的同時冒出「真的做得到嗎？」的疑惑。

不過，有希可以在這時候確實回答。她露出堅定的笑容環視觀眾之後宣布。

「這些事情，我相信只有在國中部任職於學生會兩年功成身退，現在也以高中部學生會成員的身分服務，擁有這麼多實績與經驗的我才做得到。而且我想以今後的工作表現證明這一點。以上感謝各位的聆聽。」

有希說完低下頭之後，許多掌聲與聲援響遍體育館內部。有希一邊舉手回應，一邊從容回到面對舞台的右側。政近略帶苦笑看著這幅光景。

「真是奸詐。盡可能把餅畫大，卻完全沒提到在這個年度具體來說要做什麼耶。不只如此，還說：『今年學生會成員不多，所以投書箱的內容無法實現哦？』表面上聽起來是在為學長姊說情，其實是當成今年做不到的藉口……最重要的是即使如此也莫名擁有說服力，太奸詐了。」

聽到政近這麼說，統也也露出半佩服的苦笑點頭。

「周防真的是巧妙使用各種花招在致詞耶。該不會比我還要高明得多吧？」

「啊哈哈，總之這部分是經驗……加上有希稍微比較會說謊吧？」

「你真是不留情面。」

兩人像這樣相視而笑時，一旁的瑪利亞在對艾莉莎說話。

「艾莉，沒事嗎？妳在緊張嗎？」

「我沒事……所以現在別管我。」

「哎喲，艾莉真是的。」

妹妹還是一樣冷淡回應姊姊，使得瑪利亞鼓起臉頰。政近見狀再度苦笑，此時輪到綾乃被司儀點名站上講台。

映在銀幕的身影引發些許騷動。但是也在所難免。因為站在講台的綾乃……雖然服裝確實是制服，髮型卻是將頭髮束起來綁好的女僕模式。

平常邋遢垂下的瀏海固定妥當，露出美麗額頭的那張臉蛋，即使一如往常沒有表情，看起來卻隱約像是充滿幹勁……不對，果然是多心吧。

總之無論如何，平常不顯眼的綾乃撥開瀏海站上講台，許多男生說著「那個美少女是誰啊！」議論紛紛，部分女生說著「呀啊～～！綾乃好可愛～～！」發出欣喜的聲音。其實別看綾乃這樣，她在熟識的部分女生之間誇稱擁有吉祥物般的人氣。

「在下是剛才被介紹到的學生會總務君嶋綾乃。私底下是周防家的傭人，擔任有希大人的隨從。」

這一瞬間體育館裡的氣氛，簡單形容的話就是「？！」吧。想說突然出現一名神祕美少女，她居然自稱是那個周防有希的隨從。絕大多數的人們大概都是「咦，等一下，資訊量太多了」的感覺吧。

不過，綾乃不在意觀眾們的嘈雜聲，繼續說下去。

「明年度，在下預定和有希大人一起報名加入選戰。在下會活用從小以隨從身分服侍有希大人至今的經驗，繼續扶持有希大人。有希大人是適合譽為品行方正、才色兼備的傑出人材。在下確信身為學生會長的她必定會好好領導這所學校。」

綾乃像是在朗讀劇本般，平淡地持續述說。

不過，她那像是演技的風格，完全不覺得誇大其詞的口吻，以及過於真摯的那雙眼神，使得她的發言具備莫名的真實性。

觀眾隱約感受到她單純只是在敘述事實。而且實際上，綾乃只敘述自己心目中的事實。

「有希大人在學校的成績總是名列前茅，英文是母語水準。最近也開始學中文，已經達到可以進行日常會話的水準。進而在鋼琴、花道、空手道等領域也展現優秀的才能，真的是文武雙全。即使如此，卻完全沒有驕傲的一面，總是不忘關懷旁人。即使是在下這樣的傭人，她也一定會在每年生日贈送充滿誠意的禮物。」

綾乃說到這裡閉上雙眼，稍微抬起下巴緊閉雙唇……看來她自以為成功擺出一臉得意的樣子……不過表情完全沒變化。

綾乃全力展現的得意模樣（？）使得部分女生發出興奮的尖叫聲。其他人像是受到影響，「總覺得那個女生很有趣」這種感覺的笑聲開始擴散。

觀眾出乎預料的反應使得綾乃稍微眨了眨眼，接著她繼續自豪地……應該是自豪地熱情說明有希的事。觀眾似乎也對這股獨特的氣息上癮，專注聆聽她的敘述。

「哎，果然變成這樣了。」

在舞台側邊聆聽綾乃演說的政近低語。

「有希以國中部時代的實績佐證，發表具備說服力的演說。而且綾乃以從小服侍有希的隨從立場，進一步補強……」

政近平淡對兩名對手進行客觀分析，進而給予高度的評價。然後他轉身面向艾莉莎開口：

「這是無懈可擊的演說。她們刻意選擇先攻，企圖取得完封勝。」

政近冷靜承認狀況嚴峻，不過艾莉莎以毫不慌張的眼神詢問。

「……不過，我們會贏吧？」

「是啊，多虧妳的努力。」

面對艾莉莎屹立不搖的信賴，政近以不像逞強的態度點頭回應，然後朝著沒被對手演說影響的艾莉莎滿意一笑，輕輕將手放在她的肩膀。

「所以妳不需要胡亂點燃對抗心態，像是要和她們較量般發表演說。」

政近原本就知道，要是艾莉莎以相同的條件出戰，對上有希的勝算很小。對方也明白這一點，所以試著煽動艾莉莎的對抗心態，促使她站上相同條件的戰場。
「我知道的……多虧聽你這麼說，我頭腦已經冷卻了。」
不過，現在的艾莉莎經由政近的話語冷靜下來，沒對有希抱持對抗心態。
「嗯，那就好。這項活動的名稱，妳清楚記得吧？」
聽到政近這麼問，艾莉莎嘴角露出淺淺的微笑回答：
「我記得。是學生會幹部的『致詞』吧？」
「對，是致詞。在這個時候進行發表政見的演講好像已經成為慣例，但原本不是這樣。首先就從……」
然後，政近看向聚集在體育館的學生們。
「讓大家認識妳開始吧。」
此時，綾乃一板一眼在剛好三分鐘的時候結束致詞，行禮走下講台。接著她走到面對舞台的右側和來到台前的有希會合，然後一起向觀眾行禮。下一剎那，響起像是要撼動體育館的熱烈掌聲與聲援。
讓司儀猶豫是否要繼續跑流程的這股掌聲與聲援風暴持續長達十幾秒，有希與綾乃進入舞台側邊之後才終於開始平息。
「呃～～那麼，接下來是學生會會計九条艾莉莎的致詞。」

在亢奮情緒還沒冷卻的學生們面前，艾莉莎走上講台。映在銀幕的銀髮少女，使得學生們終於開始將注意力朝向她。

會場氣氛大概是感興趣占五成、漠不關心占三成、同情占兩成。看來有希與綾乃這組的演說擄獲大部分學生的心，幾乎沒有學生對艾莉莎懷抱應援或是期待的情感。在這股疏遠的氣氛中，視線開始零星集中到講台，艾莉莎在這個狀況下靜靜開口——

「Спасибо за представление. Я казначей ученического совета Кудзё Алиса. На будущий год я планирую выдвинуться кандидатом на выборах председателя совета. Прошу вас поддержать меня.」

她以驚人的氣勢使用俄語開始致詞。絕大多數的學生對此感到目瞪口呆。先前聽完有希與綾乃致詞而激動的學生們個個都向艾莉莎行注目禮的這時候，艾莉莎突然閉上嘴巴緩緩眨眼。

「……不好意思，我緊張過度說成俄語了。」

以正經表情輕聲說出的這句話，在學生們之間引起笑聲。那位艾莉公主以不像是開玩笑的表情說出只像是開玩笑的話語，這個事實使得觀眾冒出「不，應該不會這樣吧」「咦？剛才是在開玩笑？」等想法，為了確認她是否在開玩笑而再度炒熱氣氛。

看到這個正如預料的反應，艾莉莎內心鬆了口氣。最初掌握到的這個風向，正是政近昨天傳授給艾莉莎的祕計。

『聽好了，剛開始要以俄語致詞。既然由有希與綾乃先攻，在輪到妳的時間點，會場氣氛肯定大多被她們主導。妳就在這時候用母語的俄語潑大家一盆冷水。這肯定也能協助妳緩和緊張心情。妳在正式致詞的時候也會相當緊張，即使沒有自覺，在校內廣播沒能好好說話的心理創傷或許也還在。所以在心情鎮靜下來之前都說俄語吧。放心，既然是俄語，稍微吃螺絲或是出差錯也不會有人發現。』

場面變得和政近說的一樣，艾莉莎暗自露出笑容。接著她做個深呼吸，然後重新面向麥克風。

「重新來過，我是學生會會計九条艾莉莎。預定在明年度報名成為學生會長候選人加入選戰。」

不過即使做完深呼吸，要接著說出下一句話還是需要莫大的勇氣。艾莉莎有所躊躇。至今依然猶豫是否可以這麼說。不過……這是「致詞」。讓大家認識艾莉莎．米哈伊羅夫納．九条這個人的致詞。

那麼……只能老實說明了。我無法巧妙矯飾或是使用各種花招。要真摯向大家說明這樣的我！

艾莉莎鼓舞自己，面向前方開始說明。

「我去年剛轉學進入這所學校，還沒有能向各位自豪的實績。身為學生會幹部的工作也才剛開始，無法斷言自己完全理解會長這個職位的辛苦與重責大任。我想現在的我肯定缺乏許多要素，不足以成為這所學校的學生會長。」

艾莉莎害怕眾人的反應。展現出尚未完整的自己，令她恐懼得無以復加。

但是，有人認同了。比任何人都可靠的搭檔，在看見這樣的艾莉莎之後表示想要支持她。艾莉莎相信搭檔這句話，拚命編織話語。

「不過，若要說我唯一能夠自豪的事情……」

此時，艾莉莎將手按在自己胸口，環視觀眾之後明確告知。

「那就是，我這個人比任何人都能夠努力。」

是的，只有這件事她敢說。只有這件事，艾莉莎敢斷言絕對沒騙人。

「我至今總是為了獲得自己理想的結果而努力。我就讀這所學校之後，考試成績一直維持在全年級第一名，我想各位從這一點也可以理解。」

此時，艾莉莎忽然覺得喘不過氣。至此她首度察覺自己的呼吸變得很淺。然而現在無暇在意這種事。話語不能中斷，必須率直傳達給大家……！

「不只如此，我在去年的運動會獲選為女子ＭＶＰ選手，在校慶的班級攤位榮獲特優獎。呃，不過，這當然，不只是我一個人的力量。」

呼吸……好難受……！

腳……在發抖。

耳朵也聽不清楚。

不，大概是自己主動拒絕聆聽。

「確實，現在的我要成為學生會長，還有不足之處……」

討論會那時候觀眾對她說的話語，校內廣播那時候的自己，在艾莉莎的腦中倒帶重播。必須好好說話以免變成那種結果。艾莉莎愈是這麼想，喉嚨就愈是僵硬。

啊啊，果然做不到嗎？至今一直獨自奔跑，不曾面對任何人的自己，果然很難看著觀眾的眼睛真摯述說嗎？

視野逐漸模糊。肺部在發抖。無法好好吸氣——

「Не вешай нос（看前面）！」

突然竄入耳中的這句俄語，使得艾莉莎感覺五感迅速變得清晰，並且察覺自己的視線不知何時朝下。

（為什麼是俄語……難道是為了這一刻練習的嗎？）

冒出這個想法的同時，艾莉莎清楚感覺到舞台旁邊那雙守護她的堅定視線。頓時艾

Не вешай нос!

莉莎覺得莫名好笑。搭檔過度保護她的程度，甚至令她忍不住露出笑容。

抬頭之後，看得見因為困惑而有點騷動不安的學生們臉龐。聲音……聽得到。艾莉莎在這同時想起這次的目標，面向前方落落大方抬頭挺胸。

「抱歉失禮了。現在的我要成為學生會長，肯定還有許多不足之處。像這樣在眾人面前說話的經驗也不夠。我在前天的校內廣播有點失敗，強烈感受到這個事實。」

說真的，現在也是。現在也是，如果沒有搭檔的協助，自己或許已經再度失敗。不過……

「不過，我現在可以像這樣說話。以我自己的嘴，以我自己的話語表達想法。而且從今以後，我也會像這樣逐一填補自己的不足之處。」

像這樣說話的過程中，艾莉莎感覺自己的話語輕盈收入自己的胸口。

（啊啊，原來如此……我這個人，一點都不完美……）

至今的我何其傲慢。秉持獨自的價值觀，認定自己比任何人都優秀，瞧不起周圍的人。

但是實際上，有許多我自己做不到，別人卻做得到的事。不只是在同年齡層首度視為勁敵的有希，或是首度尊敬的政近。沙也加、乃乃亞、綾乃……除此之外肯定還有許多人擁有比我優秀的部分。

至今我不懂這一點。即使嘴裡承認，內心也沒承認。不過現在……我終於懂了。

（居然是被逼入這種絕境才終於察覺……）

艾莉莎內心對自己苦笑，卻認為這也是自己。不擅長和別人交流的這個缺點，艾莉莎因為自尊心高而遲遲不肯承認。但是正因為自尊心高，所以拚命試著克服。這也是九条艾莉莎這個人的特質。

不知何時，再也不怕展現不完整的自己了。艾莉莎已經沒注意演講稿，露出頗為舒暢的表情，誠摯向觀眾說話。

「我可以向各位許下一個承諾。為了成為理想的學生會長，我會繼續努力。如果在明年選戰之前，我無法確信自己適任學生會長……到時候我會主動退出選戰。」

然後，艾莉莎輕輕低下頭。

「所以請各位看著今後的我。而且，如果我有擔任學生會長的不足之處，請不用客氣給我指教。我會把這一切當作成長的動力，成為各位期待的學生會長。以上感謝各位的聆聽。」

艾莉莎走下講台之後，響起零星的掌聲。雖然絕對不是熱烈的掌聲……卻是稱讚她努力奮戰的溫暖掌聲。艾莉莎對此再度深深低頭，離開講台。

政近在舞台側邊確認這一幕，鬆了口氣。

（評價大致算高嗎……考慮到剛才氣氛大多被對方主導，她表現得很好。致詞方向和有希完全相反的作戰感覺奏效了。）

像這樣冷靜分析時，艾莉莎回到舞台側邊。

「喔～～辛苦了～～哎呀剛才很棒喔。」

「……是嗎？」

「嗯，妳做得很好。很帥氣喔。」

政近輕拍艾莉莎的肩膀慰勞，詫異注視她的雙眼。

「……看妳的眼神好像挺舒暢的？」

「是的……我稍微克服內心障礙了。」

「嗯？這樣啊……喔。」

政近一時之間無法完全理解艾莉莎這句話的意思。不過司儀在這個時間點叫到政近的名字，政近抬起頭。

「換我了嗎……那麼，我上台了。」

「好的……加油喔。」

「交給我吧。那麼……」

政近走向講台的時候，看向艾莉莎……以及她後方的兩人，咧嘴一笑。

「我去拿個勝利就回來。」
政近走向舞台之後，學生們的視線集中在最後這名幹部。政近在這個狀況下從容前進，一站上講台就笑嘻嘻環視觀眾。
「大家好，我是學生會總務久世政近。預定在明年度和九条艾莉莎，也就是和艾莉一起報名會長選舉。而且……」
政近在這時候稍微停頓，然後毫無意義迅速揮動手臂，擺出帥氣的姿勢。左手臂在胸部下方，左手扶著右手肘，垂直舉起的右手若有所思般遮住閉上眼睛的臉。總覺得像是眼睛會發出亮光的自戀狂姿勢。實際上，政近輕輕露出空虛的笑容，以勾人的眼神看向觀眾。
「昔日扶持周防有希學生會長的『陰之副會長』，就是我……」
停頓許久醞釀氣氛，有點過度裝模作樣說出的這段告白，觀眾的反應是……
「噗呼！」
「……」
「唔～～」
少數人失笑，少數人心想「那傢伙在搞什麼」，大半則是「喔～～這樣啊」這種反應。面對正如預料的冷淡反應，政近眨了眨眼睛，感到詫異般歪過腦袋說：

「……咦？比我想像的還要冷場？」

政近過於正直的這句感想，使得失笑人數的比例增加。在這樣的狀況中，政近清了清喉嚨，像是切換心情般開口。

「總之，我在國中部時，是在周防有希背後擔任學生會副會長。我想各位在這時候會冒出疑問：『咦？那你為什麼不和周防同學參選？花心嗎？是花心嗎？』這樣。」

莫名逗趣的口吻，使得笑聲像是喧嚷聲般擴散。

「我想在這個時候說清楚！」

如此大喊的政近雙手「砰」地拍向講台之後，笑聲靜止了。政近以犀利視線環視沉默睜大雙眼的觀眾，以正經八百的表情宣布。

「我已經確實甩掉有希了！所以這不是花心！」

在緊張氣氛中說出的這句話，使得眾人片刻之後哄堂大笑，部分男生半開玩笑說著「你爛透了！」「移情別戀太快了吧～～」等話語消遣。政近輕輕舉手回應，然後改以穩重的聲音開始說明。

「那麼，我為什麼甩掉有希改為支持艾莉……在說明這一點之前，我想說一些正經事。各位認為適合擔任學生會長的人是怎樣的人？優秀的人？我認為不是。適合擔任學生會長的人……我認為最重要的必須是能吸引眾人的人……啊啊，嗯，我知道各位想說什麼。各位想說『那不就是有希嗎？』對吧？這我知道，所以請聽我說完。」

政近以平易近人的話語再度逗笑，搶先消除觀眾的疑問，然後繼續說下去。

「既然這樣，接下來的問題就是具體來說，吸引眾人的人是什麼樣的人……果然應該是率直的人吧。可以好好將他人意見聽進去的人。還有，必須是一個努力不懈的人。能讓周圍的人們看見之後冒出『那個傢伙在努力，所以我也得努力才行！』這種想法的人。而且最重要的……必須是內心美麗的人。拒絕為了私慾傷害他人，願意為了他人而消滅私慾伸出援手的人。人們會聚集在這種人身邊，能像這樣讓許多人站在自己這一邊的人，我認為最適合擔任學生會長。」

政近有條有理說到這裡，稍微改變語氣詢問。

「基於這個標準……各位同學，聽完艾莉剛才的致詞之後覺得如何？關於這次致詞的內容，我幾乎沒有經手……啊啊，不過一開始的俄語是另一回事哦？老實說，那是我為了討好各位所提供的點子。」

政近意外的爆料，使得各處發出「你怎麼說出來了啊！」「那個原來是你嗎？」這些帶著笑意的驚訝聲音。對此，政近像是示意「沒有啦」搖了搖手。

「那當然，艾莉不會自己那麼做啦……好了，回到正題，老實說，我在舞台旁邊聽艾莉致詞的時候就在想，她真的有夠笨拙的。」

政近在苦笑的同時，居然說出否定搭檔那段演講的意見，觀眾一陣騷動。

「不過，我也同時覺得那是非常真摯又正直的演講。各位也是如此吧？」

聽到政近這麼問，不少學生點頭同意。政近滿意般點頭回應之後開口。

「艾莉是正直的人。不會過度誇大表現自己，不會大言不慚開出空頭支票藉以爭取人氣。如她自己剛才所說，她是努力不懈的人，而且是率直到令人吃驚的人。甚至連我為了討好各位而提出的餿點子，她也直接採用。」

政近半開玩笑這麼說完之後，改為有點正經的表情繼續說下去。

「我被艾莉的這一面吸引，想要為她加油打氣。這就是我不支持有希，改為支持艾莉的理由。而且我希望各位也能為艾莉加油打氣。」

政近說到這裡環視觀眾，然後立刻發出「啊」的聲音。

「話是這麼說，不過光憑我一個人的意見應該沒有可信度吧……畢竟要是有人問『單純是你個人喜好的問題吧？』就完蛋了？」

政近聳聳肩，像是「這個問題很中肯」般點頭，然後豎起食指。

「那麼，我在這裡告訴各位一件事實。」

在這時候賣個關子，將觀眾的注目集中到極限之後——政近打出珍藏的王牌。

「艾莉當選學生會長之後……谷山沙也加以及宮前乃乃亞，將會加入成為學生會幹部。」

過於難以置信的這段內容，使得眾人片刻之後一陣譁然。

「關於這一點，已經得到兩位當事人的允諾。各位敢相信嗎？在討論會針鋒相對的對手，願意在新的學生會共事。即使是昔日的我與有希也做不到這種事。」

面對被困惑與懷疑心情撼動的學生們，政近瞥向舞台側邊的有希。

「剛才有希說過，只有身為學生會幹部累積許久經驗的她才能改變學校。真的是這樣嗎？除了艾莉，還加上和有希擁有同等經驗的我，以及昔日國中部學生會長最強候選人的谷山與宮前。各位聽到這樣的陣容之後，真的這麼認為嗎？」

對於政近的詢問，學生們之間產生「確實，如果是這些成員……」的氣氛。政近趁機繼續出招。

「而且，剛才有希也這麼說過。今年的一年級幹部不多，所以能做的事情不多。那麼話說回來，為什麼一年級人數不多就很吃力？答案很簡單，因為二年級能夠立刻成為學生會戰力的人，會因為在選戰落敗而全部離開學生會。而且這可以套用在歷屆所有學生會。足以競選學生會長的優秀人材只留下一組，肩負起下一屆學生會的一年級，也在討論會較量之後一個個離開。所以學生會總是缺乏人手。」

這是所有人都知道的事實。卻因為過於理所當然，所以沒有特別深思的現實。

「但是，反過來說……如果二年級的幹部充足，就不會被一年級幹部這種不確定要素影響，得以穩定經營學生會。各位不這麼認為嗎？而且做得到這種事的，只有以艾莉為中心的學生會。由艾莉擔任學生會長，周圍以昔日正副會長參選人的夢幻團隊布陣。這就是我心目中的最佳學生會。」

政近提出的構想，使得許多學生出現興奮反應。曾經對立的候選人攜手同心經營學生會。前所未見如同美夢的這個構想，讓許多學生眼神閃亮。此時政近乘勝追擊。

「當然，有希與綾乃也不例外。艾莉當選學生會長之後，我希望務必邀請兩位也加入學生會。放心，有希對於改革學校展現那麼強烈的熱誠，即使在選戰落敗，肯定也會樂於為了學校提供助力！」

政近以半開玩笑的說法逗笑，並且宣布有希將來也會加入，連有希的基本盤也一起拉攏。然後他朝著發出笑聲的觀眾，以裝模作樣的動作行禮致意。

「說得有點久，不過我說到這裡。為了實現前所未見的最佳學生會，懇請各位多多支持。以上感謝各位的聆聽。」

政近說完走下講台時，出現了最後的驚喜。

政近開始朝著面向舞台的左側移動時，艾莉莎來到台前。而且她的身後……沙也加與乃乃亞竟然也現身了。

「嗯？三人……呃，咦咦？」

「呃，不會吧？」

「喂，看那裡！」

「唔喔，真的假的？」

為政近話語佐證的這幅光景，引發這天最熱烈的喧鬧聲。

會合的四人一起低頭致意之後，響起像是爆炸般的掌聲與歡呼聲。學生們不知道四人之間進行過何種交易，然而這種事一點關係都沒有。原本以為絕對沒有交集的兩組參選人攜手合作。光是這個事實就足以令人高聲讚許。

「艾莉，這是以妳的力量贏得的掌聲。」

「……！」

政近就這麼低著頭向身旁的艾莉莎這麼說，隨即感覺到她倒抽一口氣。政近明知如此，卻刻意不去看她的表情。

然後，比起有希與綾乃有過之而無不及的熱烈掌聲，將四人送回舞台側邊。

「喔～～辛苦啦～～」

「……各位辛苦了。」

「呼咿～～」

「……」

在相互慰勞的狀況中，只有沙也加掛著複雜的表情移開視線。她默默輕推眼鏡，以平淡的聲音開口：

「……這樣就還妳人情了。沒問題吧？」

「……嗯，謝謝。妳幫了大忙。」

艾莉莎率直低頭道謝，沙也加感到不自在般讓視線游移。

「我之前也說過……我並沒有支持你們兩人。我會遵守約定，在你們當選之後加入學生會，但是從今以後不會在選戰協助你們。」

「我知道的。我會好好努力……讓妳也願意支持我。」

「……這樣啊。」

沙也加冷淡說完轉過身去，走向深處的後門。然後她瞬間停下腳步，轉頭隔著肩膀輕聲這麼說：

「……期待妳的表現。」

留下這句話之後，沙也加從後門離開了。嘴角掛著苦笑的乃乃亞也隨後跟上。

「那麼，加油喔～～我也無法斷言會投給你們兩人，不過如果阿哩莎當選會長，到時候我會幫忙～～」

「好，謝啦。」

「阿……阿哩莎……？」

艾莉莎有點困惑地目送乃乃亞的背影離開之後，換成正經表情轉身看向舞台另一側，以堅定的視線告訴站在那裡的有希。這就是我想當學生會長的理由。

（或許，原本只是我一個人的目標……但是現在有久世同學……也背負著谷山同學與宮前同學的期待。所以，我不會輸。再也不會屈服於妳的決心。）

有希承受這雙堅定的視線……從容一笑，示意這邊也一樣不會輸，也稱讚艾莉莎的決心可嘉，儘管放馬過來。

兩人長達數秒的視線交會，因為瑪利亞呼叫艾莉莎而中斷。有希看著艾莉莎和瑪利亞、政近和統也交談的模樣，扭曲嘴角露出苦笑低語。

「我輸了。」

原本是打得贏的對決。不，彼此實績與知名度有差距。既然在校內廣播的前哨戰大獲全勝，這場對決當然會以懸殊差距拿下勝利。

然而實際的結果是平分秋色。不，即使掌聲數量幾乎相同，在話題性這個部分或許不如對手。即使結果是平分秋色，考慮到過程就是完全敗北。

「哎呀～～居然把她們兩人拉攏到自己陣營……嚇了我一跳。」

茅咲佩服般說完，有希朝她點頭。

「……嗯，說得也是。這完全出乎我的預料。」

是的，完全出乎預料。而且這……恐怕是有希自己招致的事態。

為了打擊艾莉莎的心並且讓風向對自己有利，有希設局在校內廣播交戰。或許是那場戰鬥成為那兩人加入艾莉莎陣營的契機。

（玩弄計策過頭……反而凸顯出艾莉同學的清廉形象，大概是這種感覺吧。）

不只如此，還讓那位哥哥認真起來了。聰明反被聰明誤就是這麼回事吧。有希暗中咬牙切齒的這時候，綾乃向她低頭。

「對不起，有希大人。如果在下致詞的時候說得更好——」

「不是妳的錯。我胡亂玩弄計策，最後誤判政近同學的作戰，這是我的疏失。」

有希打斷綾乃的話語，搖了搖頭。

是的。如果沒有過於深入猜測，腳踏實地選擇後攻，肯定不會是這個結果。有希猜測對手企圖以消極的平手收場……不對，她內心某處自以為是，認為一定是如此。只要是正面交手……即使對手是哥哥也不會輸。有希傲慢地這麼認定，所以判斷哥哥的威嚇是虛張聲勢，貿然妄想要大獲全勝。

（不過這一切也都在哥哥的盤算之中吧……）

有希會解讀到何種程度又會如何行動，那位哥哥確實完全摸透，進而以誇張的方式威嚇。如果他沒這麼做，有希肯定會反而提高警覺，心想「奇怪，反應太溫和了，該不會在打什麼鬼主意吧？」這樣。

（也就是哥哥在各方面都技高一籌嗎……啊哈哈，哥哥果然厲害。）

即使落敗……有希內心依然神奇地覺得灑脫。

有希真的想贏哥哥。不過在這同時……她也不願看見那位哥哥落敗。昔日憧憬、尊敬的哥哥果然了不起。有希確實希望哥哥能令她這麼認為。

（啊啊，不行。這個想法不太好……）

想戰勝哥哥的心情，不希望哥哥戰敗的心情，兩者都是真的。不過，如果自己因為落敗而感到灑脫，今後也肯定無法獲勝。

所以，有希硬是封閉這份情感，露出無懼的笑。

「總之，這次我就暫且認輸吧。僅止於這次……」

有希輕聲說完露出猙獰的笑容，臉上充滿下次絕對會贏的氣魄。見狀的茅咲像是看見不該看的東西般游移視線，悄悄離開。

綾乃以餘光目送茅咲之後，悄悄向有希開口。

「有希大人。」

「嗯？」

「……您這份強角氣場太棒了。」

綾乃露出閃亮眼神，像是表示「在下看得出來了！」將雙手握在胸前——

「不，我沒要考妳。」

有希忍不住賞她白眼吐槽。

終章 向前

「……如果在這裡達成目標就更帥了。」

「一點都沒錯。」

四下無人的走廊響起政近與艾莉莎的聲音。

結業典禮之後，以班上同學為中心的許多學生，拿致詞的事消遣或是稱讚兩人。政近和艾莉莎一起徹底發揮交際能力突破難關，班會開完之後也到學生會完成最後一次會議，兩人至此終於來看張貼在走廊的成績優秀榮譽榜。

不知道該說果不其然還是了不起，在最右邊燦爛閃耀的是艾莉莎的姓名。而且她旁邊是有希的姓名。接下來井然有序排列共三十人的姓名……但是，政近的姓名並沒有在榜上。

「三十三名嗎……感覺這個結果不太行啊。」

政近低頭看著手上的成績單，帶著苦笑低語。

想到上次期中考是兩百五十四人中的兩百零二名，這次已經是突飛猛進了。不過距離目標的前三十名還差六分。

「總之，這就代表凡事並非都能順心如意吧。」

「……總覺得你好像沒什麼不甘心？」

「唔……哎，算是吧。」

政近含糊朝著蹙眉的艾莉莎點頭。

確實沒有那麼不甘心。不只如此，反倒還覺得幸好沒進入前三十名。

（雖然這麼說不太對，但我實在不敢宣稱自己全神貫注準備考試……）

在考試期間，政近自覺其實沒有全力用功備考。途中好幾次中斷注意力影響讀書效率，也無法斷言自己沒有「差不多這樣就好了吧～」而妥協的部分。

所以，幸好是這個結果。明明沒有「我已經全力以赴了」的自負，要是就這麼不知不覺達成目標……政近應該會再度過著瞧不起世間的人生吧。

「呵，總之即使是我這個天才，也還是有極限吧……」

「你自己敢這麼說？」

政近毫無意義撥起瀏海，艾莉莎賞他一個白眼。這雙冰冷的視線令政近改為稍微正經的表情聳肩。

「哎，其實單純是努力不夠。抱歉，我這個副會長候選人還是沒能留下不丟臉的結果。」

「這我不在意啦……」

「不，這是我該反省的部分。下次……我會更認真努力。」

政近以嚴肅眼神注視成績優秀榮譽榜如此宣布。對此，艾莉莎簡短詢問。

「對這個結果後悔了？」

「沒有。」

「那就好。」

艾莉莎說完轉過身去，不再提成績的話題，催促政近。

「回家吧？今天發生好多事，我有點累了。」

「啊啊，說得也是……」

政近並肩走在她身旁，視線游移心想該怎麼做。會這麼做是因為……

「……我說啊，艾莉。」

「什麼事？」

「沒有啦，我說……那個賭怎麼辦？答應任何一個願望的那個賭……」

聽到政近這麼問，艾莉莎瞬間停下腳步……立刻再度向前走，靜靜移開視線。

「……我想一下。」

「不對，妳不是說過妳想到了嗎？不是用俄語說過什麼了嗎？」

「那個是……只是我隨口說說罷了。」

艾莉莎結巴回應，轉過頭去，然後以俄語不滿般低語。

【什麼嘛……我一直以為……】

她的話語幾乎沒說到重點，但是政近總覺得猜到端倪了。

（啊啊，這傢伙，沒想過自己會贏嗎……）

艾莉莎對政近的期待超乎想像，政近對此感到不好意思，同時也因為沒能回應這份期待而冒出罪惡感。

（啊啊～～那個……是什麼？記得她說的是【名字】？）

政近懷著尷尬的心情，回憶艾莉莎的發言。然後他思索片刻……立下一個推測。

（換句話說……是這麼回事嗎？不，可是……這個要是猜錯不就超丟臉的？簡直是自我感覺超良好的男生吧……）

大腦幾乎要打結般百般苦惱之後……政近下定決心。這也是自己賭輸的懲罰。他抱著這個想法，強忍害羞心情踏出這一步。

「啊啊～～……艾莉？」

「？」

「那個……向全校學生致詞完畢之後，我們正式被認定是會長選舉的搭檔……這時候為了表現兩人的好交情，我們就以名字相互稱呼吧，請問您意下如何……？」

以奇怪敬語提案的政近，在腦中害羞到滿地打滾。他不敢看艾莉莎，刻意筆直面向前方，屏息靜靜等待回應。經過莫名覺得漫長的數秒後，傳來艾莉莎的細微聲音。

「……哎，應該可以吧？」

「咦，喔，是嗎？」

「是……是啊？」

兩人就這麼不敢相視，不由得慌張失措。不過艾莉莎「嗯嗯」清了清喉嚨之後，政近的視線也瞥向艾莉莎。

「那個，既然這樣……」

然後，艾莉莎以餘光稍微觀察政近，同時略顯猶豫般開口。

「政近……同學？」

「唔，嗯……」

有點嬌羞的這個態度，以及被她以名字稱呼的事實，使得政近渾身難為情到無法控制。

「喔，嗯……總之，那個，還不錯吧？」

「是……是嗎？那麼，今後也以這種感覺……」

然後兩人同時迅速移開視線，不清不楚地這麼說。在無法言喻的羞澀氣氛中，政近看著逐漸變近的大門口，浪費力氣大喊。

「啊啊，對了！得換穿鞋子才行！」

「也……也對。」

冷靜想想就會忍不住吐槽「需要刻意說這件事嗎？」，但是艾莉莎一副不在意的樣子點頭回應。然後兩人同時朝著上下並排的鞋櫃伸手，再度慌張失措。

在這股真的是酸酸甜甜，應該說非常難為情，或者應該說「現充爆炸吧」的氣氛中，政近與艾莉莎閒話家常踏上歸途。這段期間，兩人絕對不會讓視線相對，艾莉莎也沒有用政近的名字叫他。

兩人聊著聊著走到道別的岔路，不由得同時停下腳步。

「那麼……我要走這裡。」

「喔……那個，再——」

政近不經意地說到一半，忽然察覺了。明天開始是暑假。政近如果就這麼什麼都不做……這句「再見」要等很久以後才有機會成真。

「那麼……」

「喔，喔喔……」

艾莉莎沒有和政近相視，就這麼走向行人穿越道。然後，在她即將踏到車道——的這一瞬間。

「艾莉！」

政近半反射性地在後方叫住她。然後他的視野一角捕捉到艾莉莎轉身的身影，他迅速別過頭去。

「那個……雖說是暑假，不過要為了選戰進行各種準備吧？比方說有希與綾乃就是一直在一起……」

政近面向毫不相關的方向，結結巴巴地說。

「所以，那個……我們在暑假的時候，可以經常找時間見面……嗎……？」

當話說到這裡的時候，政近的羞恥心已經達到極限了。雖然感覺到艾莉莎走回來站在自己面前，政近卻實在是無法轉頭看她。他光是克制自己不要放聲大叫逃走就沒有餘力。

「政近同學。」

極近距離傳來艾莉莎叫他的聲音。對此，政近就這麼看著旁邊發出「嗯？」的聲音回應。政近知道，連他自己都不以為然的這個丟臉回應，引得艾莉莎露出微笑。

「Не падай духом（向前看）！」

聽到這句俄語，政近反射性地向前看。然後，他眼前是艾莉莎的純真笑容——

С удоволь ствием!

後記

第三次見面了。大家好，我是日本最受「三」寵愛的輕小說作家燦燦ＳＵＮ。

（註：「燦燦ＳＵＮ」的日語發音為「sunsunsun」，近似「三」的日語發音「san」。）

各位或許覺得我在說什麼鬼話，總之請聽我娓娓道來。說來真的是奇蹟，我出書出道（也就是《遮羞艾莉》第一集上市）的日期，是角川Sneaker文庫迎接三十三周年，我在「成為小說作家吧」執筆資歷也迎接三周年的令和三年三月。進一步來說，我當時的年齡是三的三次方。這已經可以說是被「三」寵愛也不為過了吧。不愧是名字裡排列三個「ＳＵＮ」的人。啊，順帶一提，在《這本輕小說真厲害！２０２２》（寶島社出版）的排行榜中，《遮羞艾莉》是文庫部門第九名。這也是三的三倍……不只如此，艾莉是人氣女性角色排行榜的第六名所以也是三的倍數（以下略）。

總之，如此被「三」寵愛的我寫下《遮羞艾莉》值得紀念的第三集。哎呀～～這可得多加努力了。編輯大人好像也很努力，請到一位響叮噹的人物撰文推薦。

不得了，是那位超有名的戀愛喜劇漫畫家吉河美希老師。我大吃一驚。是《不良仔與眼鏡妹》與《山田君與7人魔女》的作者，現在以《杜鵑婚約》暢銷走紅的那位吉河美希老師耶？這裡提到的三部作品我自己都有拜讀，所以我現在有點嚇到。順帶一提，我喜歡的角色是眼鏡妹足立花。從外表完全看不出來，物理戰鬥力卻很高的這種女生我超愛……咦？雖然沒有特別意識到，不過在我的各部小說登場的最強女系家族更科一族，該不會是受到足立花的影響吧……？咦？這麼說來，在「成為小說作家吧」，我好像寫過一名曾經接受更科一族的教導，姓「足立」的女主角……？嗯嗯？而且我會在戰鬥力強的女性名字加入植物名稱，這是我自己的神祕法則……難道這也是受到足立花的影響？……潛意識這種東西真是厲害。不，我想絕大部分應該是各種巧合使然，不過感覺這可以證明人們在創作的時候難免受到過去吸收的事物影響。這種事一點都不重要就是了。

總之，從我還沒寫小說的時候就在第一線活躍的戀愛喜劇漫畫家，居然有一天會為這樣的我撰文推薦……這就是網小作家夢嗎？天啊，我真的很驚訝。對於接受委託的吉河美希老師以及協助牽線的編輯大人，我內心只有感謝之意。真的謝謝兩位。

哎，總之或許也因為這樣，我在這一集也以「既然榮獲大師撰文推薦，不能端出不上不下的東西！」的心態過度努力，所以原文總字數超過十五萬字。是第一集的一倍半耶，腦筋簡直有問題。不，別看現在這樣，其實多少刪減過了哦？刪減之後還超過十五萬字。即使如此看起來也沒有很厚，這是編輯大人的魔法。這部分造成莫大的困擾了。下一集我會注意。不過或許僅止於注意吧。

那麼，大概是編輯大人這個魔法的副作用，這次的後記有四頁。唔～～為什麼？既然多達四頁，終究不能不提及小說的內容。我在第一集提到法定速度之類的，卻在上一集的後記早早將油門踩到底飆破法定速度，既然編輯大人對此沒有特別責備，那麼能走多遠算多遠吧。我反倒還以「認真寫就輸了」的志氣面對挑戰，沒想到被要求寫的字數居然加倍。唔～～嗯，要將油門全開跑完這些字數，名為「哏」的汽油終究不夠用……應該不夠用才對，不過奇怪？已經沒篇幅了耶？為什麼呢……是因為吉河美希老師的那段拖太長了吧。這我知道，嗯。

唔～～如果還是要提及一些本書的內容……啊，對了。瑪夏的班導。雖然在內文沒有描寫，不過和那對脫線母女進行三方面談的瑪夏班導，我想應該是看見地獄了。嗯，好，關於提及的內容，這樣就夠了吧。

好，那麼來做個總結吧。這次也……更正，這次尤其在撰寫本作時提供莫大協助的編輯宮川夏樹大人，這次也繪製許多出神入化插圖的插畫家ももこ老師，這次也為女主角艾莉配音的上坂すみれ大人，為政近配音的天崎滉平大人，在CM擔任旁白的立木文彥大人，受邀繪製本作宣傳圖的三嶋くろね老師與日向あずり老師，為這種菜鳥作家撰文推薦的吉河美希老師……慢著，像這樣列出來就發現成員真的都是各方翹楚耶。怎麼想都不是今年剛出道的作家配備的陣容。持續增加的作弊級隊友，然後菜鳥勇者放棄思考了……大概是這種感覺。

呃～～咳咳。在最後，對於參與本書製作的所有恩人以及拿起本作品的讀者們，容我致上轟動三界的謝意。謝謝大家！希望還能在第四集見面。後會有期。

（註：以上為日本方面的情況。）

《遮羞艾莉》
希望今後也可以更加
炒熱氣氛

與其喜歡他，不如選我吧？

Kadokawa Fantastic Novels

作者：アサクラ ネル　插畫：さわやか鮫肌

即使她有喜歡的男生我也要攻略她
臉紅心跳的百合戀愛喜劇揭開序幕！

從小就認識的少女堀宮音音有了喜歡的男生。雖然同是女生，但水澤鹿乃喜歡音音。不知不覺間，音音在鹿乃心中的地位已不只是單純的摯友。儘管如此，鹿乃在百般煩惱後的結論卻是：「就算得不到她的心，也還有機會得到她的身體……！」

NT$220/HK$67

國家圖書館出版品預行編目資料

不時輕聲地以俄語遮羞的鄰座艾莉同學/燦燦SUN作 ; 哈泥蛙譯. -- 初版. -- 臺北市 : 臺灣角川股份有限公司, 2022.10

冊 ; 公分. -- (Kadokawa fantastic novels)

譯自 : 時々ボソッとロシア語でデレる隣のアーリャさん

ISBN 978-626-321-883-3(第3冊 : 平裝)

861.57 111013242

Kadokawa
Fantastic
Novels

不時輕聲地以俄語遮羞的鄰座艾莉同學 3

（原著名：時々ボソッとロシア語でデレる隣のアーリャさん 3）

２０２２年10月26日　初版第１刷發行
２０２４年８月27日　初版第８刷發行

作　　者：燦燦ＳＵＮ
插　　畫：ももこ
譯　　者：哈泥蛙

發 行 人：台灣角川股份有限公司
總 　 監：呂慧君
總 編 輯：蔡佩芬
主　　編：林秀儒
編　　輯：黎夢萍
設計指導：陳晞叡
美術設計：吳佳昫
印　　務：李明修（主任）、張加恩（主任）、張凱棋、潘尚琪

發 行 所：台灣角川股份有限公司
地　　址：１０４台北市中山區松江路２２３號３樓
電　　話：（02）2515-3000
傳　　真：（02）2515-0033
網　　址：www.kadokawa.com.tw
劃撥帳戶：台灣角川股份有限公司
劃撥帳號：19487412
法律顧問：有澤法律事務所
製　　版：尚騰印刷事業有限公司
ＩＳＢＮ：978-626-321-883-3
